DUMONT

Finger weg von der Schwägerin! Oder gerade nicht? Wer sich das Trennungsjahr vor der Scheidung ersparen will, muss sich bei Verwandten nicht bremsen. Denn wie ein Gericht festgestellt hat: »Normaler Ehebruch ist grundsätzlich unbedenklich und genügt für das Absehen vom Trennungsjahr in aller Regel nicht.« Winfried Schwabe erzählt Überraschendes und Absurdes aus deutschen Gerichtssälen und geht hochinteressanten Fragen nach: Warum dürfen Männer im Gefängnis Frauenkleider tragen? Wann darf ein Zugbegleiter seine Trillerpfeife zum Einsatz bringen? Und ist Schnarchen in Altbauwohnungen erlaubt?

Winfried Schwabe ist Jurist und Autor zahlreicher Fachbücher. Seit vielen Jahren schreibt er wöchentlich im Magazin des Kölner Stadt-Anzeigers über skurrile Rechtsfälle.

Winfried Schwabe

VOM GESCHLECHTSVERKEHR MIT VERWANDTEN IST DAHER ABZURATEN

DUMONT

FSC
www.fsc.org
MIX
Papier aus verantwortungsvollen Quellen
FSC® C083411

Originalausgabe
April 2012

Umschlag: Zero, München
Umschlagabbildung: FinePic®, München
Satz: Fagott, Ffm
Gesetzt aus der Aldus und der Myriad Condensed
Druck und Verarbeitung: CPI – Clausen & Bosse, Leck
Gedruckt auf säurefreiem und chlorfrei gebleichtem Papier
Printed in Germany
ISBN 978-3-8321-6180-4

www.dumont-buchverlag.de

Meinen Eltern

Karneval im Knast

Warum Männer im Gefängnis Frauenkleider tragen dürfen

Die Grundrechte gelten, so sagt es das Bundesverfassungsgericht in Karlsruhe schon seit Jahrzehnten, eigentlich auch für die Häftlinge im Knast. Was so gesehen vergleichsweise unspektakulär und nachvollziehbar klingt, kann freilich extrem sonderbare Blüten tragen, wie eine kürzlich ergangene Entscheidung des Oberlandesgerichts (OLG) in Celle zeigt. Der erstaunliche Tenor: Ein männlicher Häftling darf im Gefängnis Frauenkleider tragen, und zwar sowohl »drunter« als auch »drüber«. Das verlange das verfassungsmäßig garantierte, allgemeine Persönlichkeitsrecht, das selbstredend auch am Gefängnistor nicht abgegeben werde. Anders als noch das Landgericht in Hannover, gaben die Richter in Celle damit dem Begehren eines transsexuellen Häftlings Recht.

Liest man das Urteil und vor allem die Begründung, darf man sich allerdings wundern: Das OLG Celle meint allen Ernstes, das Tragen von Frauenkleidern im Knast sei unbedenklich und stelle zumindest so lange keine Gefahr für den Häftling dar, wie es innerhalb der Zelle erfolge und vor den anderen Insassen demnach weitestgehend verborgen bleiben könne. Insoweit müsse den Grundrechten des Betroffenen dann auf jeden Fall der Vorrang gewährt werden. Wörtlich heißt es in der Entscheidung: »Die Möglichkeit, dass der Gefangene im Falle des Entdeckens der Kleidungsstücke sexuellen Übergriffen und Gewalt anderer Gefangener ausgesetzt ist, kann das Verbot ebenfalls nicht rechtfertigen und ist zudem abwegig. Die Anstaltsleitung soll und muss dann vielmehr gegen die Häftlinge vorgehen, von denen die Gefahr ausgeht, und nicht gegen denjenigen, der die ihm zustehenden Grundrechte ausübt. Frauenkleider im Gefängnis sind sozialverträglich, auch bei Männern.«

Die Richter ließen sich übrigens auch deshalb zu dieser Entscheidung hinreißen, weil der transsexuelle Gefangene vortrug, er wolle die Frauenkleider im Knast »zur späteren Alltagserprobung als Frau« tragen. Er werde nämlich in absehbarer Zeit entlassen und habe »ansonsten ja keine andere Möglichkeit, sich als Frau auszuprobieren«. Das fanden die Richter einleuchtend.

Oberlandesgericht Celle — Aktenzeichen: 1 Ws 29/11

Vom Geschlechtsverkehr mit Verwandten ist daher abzuraten

Wertvolle Tipps vom Oberlandesgericht München

Ich will jetzt keine schlechte Laune verbreiten, aber falls Sie gerade zufällig darüber nachdenken, sich demnächst scheiden zu lassen, kommt hier der ultimative Tipp: Denken Sie bitte unbedingt an das Trennungsjahr!

Dieses (räumliche) Trennungsjahr muss nämlich nach deutschem Recht einer jeden Scheidung vorausgehen – und die Gerichte verstehen in dieser Sache tatsächlich keinen Spaß, wie ein aktuelles und höchst skurriles Urteil des Oberlandesgerichts (OLG) in München dokumentiert. Einer Frau aus Freising bei München war Dramatisches widerfahren: Exakt drei Tage nach der Hochzeit rief ihre beste Freundin an und erklärte, der frisch angetraute Ehemann säße gerade neben ihr, habe ihr leider soeben seine Liebe gestanden und man werde in den nächsten Wochen in die USA auswandern. Es täte ihr wirklich leid, aber so sei das Leben. Alles Gute – und Tschüss.

Was tun? Die Frau stellte umgehend einen Scheidungsantrag und berief sich auf eine »unzumutbare Härte«, weswegen ihr das gesetzlich angeordnete Trennungsjahr auch nicht zugemutet werden könne. Sie müsse sofort geschieden werden, zumal sie selbst jetzt entschieden habe, zur Trauerarbeit mit einem tibetischen Geistlichen, einem echten »Lama«, nach Nepal zu gehen, um dort ein paar Wochen zu beten. Das Trennungsjahr sei demnach offensichtlich entbehrlich, vor allem auch deshalb, weil weder sie noch ihr Ehemann ein Interesse am Aufrechthalten der Ehe hätten.

Die Richter in Bayern kannten trotz oder vermutlich gerade wegen dieser fraglos sonderbaren Geschichte keine Gnade. Sie verweigerten die sofortige Scheidung. Die Begründung: Nur in »extremen Ausnahmefällen« könne vom gesetzlich vorgeschriebenen Trennungsjahr abgesehen werden. Die Tatsache, dass einer oder sogar beide Ehegatten untreu seien und dauerhaft in einem anderen Land lebten, reiche hierfür aber nicht. Der Gesetzgeber wolle den Eheleuten mit dem Trennungsjahr wenigstens die theoretische Möglichkeit der Wiedervereinigung lassen. Ehebruch rechtfertige nur dann die sofortige Scheidung, wenn besondere, vor allem den anderen Partner demütigende Umstände hinzuträten, die ein Festhalten an der Ehe unzumutbar machten. Und dann wörtlich: »Dies wäre etwa dann der Fall, wenn der Ehebruchspartner in die eheliche Wohnung einzieht oder zum Beispiel der Ehebruch mit einem Familienangehörigen (Schwager, Schwägerin, vorehelichen Kindern) vollzogen wird. Ein ›normaler‹, auch ein dauerhafter Ehebruch ist hingegen unbedenklich und genügt für das Absehen vom Trennungsjahr in aller Regel nicht.« Vom Geschlechtsverkehr mit Verwandten sowie vom Einzug des

Ehebruchspartners in die eheliche Wohnung, so das Gericht, sei aus den genannten Gründen allerdings grundsätzlich abzuraten.

Wie gesagt, ich will hier keine schlechte Laune verbreiten und Sie auch keinesfalls zu unschönen oder schmutzigen Dingen animieren. Denken Sie also einfach nur an das Trennungsjahr. Oder Sie bleiben bei ihrem Partner. Geht vermutlich auch.

Oberlandesgericht München — Aktenzeichen: 33 WF 1104/10

Muslime und Bierkästen

Wie der Glaube die Getränkeabteilung versetzt

Gelegentlich will es der Zufall, dass sich ein oberstes deutsches Gericht mit Dingen zu befassen hat, die eigentlich nicht in seinen Zuständigkeitsbereich fallen. So hatte kürzlich das Bundesarbeitsgericht (BAG) in Erfurt anhand eines spektakulären Falles die interessante Aufgabe, den Koran beziehungsweise die muslimischen Glaubensschriften auszulegen: Ein streng gläubiger Muslim arbeitete seit Jahren in der Lebensmittelabteilung eines Warenhauses in Kiel als »Ladenhilfe«. Als sich die krankheitsbedingten Fehlzeiten häuften, entschied der Chef, den Arbeitnehmer in die Getränkeabteilung zu versetzen, wo er in den vergangenen Jahren bereits mehrfach problemlos ausgeholfen hatte. Hiermit allerdings war der Mann nun nicht mehr einverstanden und gab folgende Erklärung ab: Er habe inzwischen seinen muslimischen Glauben weiter vertieft und daher entschieden, dass er keinesfalls mehr mit Alkohol in Berührung kommen wolle. Der Glaube verbiete ihm insbesondere auch, durch das Herumtragen von Bierkästen am späteren Alkoholverkauf quasi mitzuwirken. Er könne deshalb nur in der Lebensmittelabteilung arbeiten. Der Chef traute seinen Ohren nicht – und entließ den Mann wenig später wegen wiederholter Arbeitsverweigerung.

Zu Unrecht, wie jetzt das BAG urteilte. Die Kündigung missachte, so die Richter, die im Grundgesetz gewährte Religionsfreiheit und sei daher unwirksam. Wörtlich heißt es: »Es mag durchaus bezweifelt werden, dass die strengen religiösen Ansichten des Klägers den islamischen Glaubensschriften tatsächlich entsprechen. Insbesondere erscheint auch merkwürdig, dass der Kläger nach seinem eigenen Vortrag dennoch mit Produkten in Berührung kommen kann, die Alkohol in anderer chemischer Form enthalten. Auf all das aber kommt es nicht an. Das deutsche Grundgesetz geht nämlich von einem subjektiven Begriff des Gewissens aus, den jeder Gläubige demnach für sich selbst ausfüllen muss. Der Kläger hat vor Gericht glaubhaft dargelegt, dass es für ihn aus religiösen Gründen eine unzumutbare Belastung darstellt, Bierkästen oder andere Alkoholika durch das Warenhaus zu tragen. Die Weisung des Arbeitgebers hat dies nicht berücksichtigt und war daher auch nicht verbindlich. Der Kläger durfte sich weigern.«

Fazit: Streng gläubige Muslime müssen nach Meinung des BAG keine Bierkästen tragen. Jedenfalls nicht im Dienst.

Bundesarbeitsgericht — Aktenzeichen: 2 AZR 636/09

Transsexuell mit 70!

Wie das Bundesverfassungsgericht die Liebe rettet

Romantik gehört zweifellos zu den Dingen, die man am allerwenigsten vor Gericht erwartet. Und doch: Manchmal taugt sogar das Grundgesetz als Rettungsanker für eine echte Liebesgeschichte: Da ist ein Mann stolze 50 Jahre verheiratet, hat mit seiner Frau drei Kinder gezeugt und großgezogen, ist mehrfacher Opa, hat mittlerweile das 70. Lebensjahr erreicht – und dann passiert es: Er stellt fest, dass er lieber eine Frau wäre! Und er/sie handelt: Er ändert seinen Vornamen und unterzieht sich schließlich nach reiflicher Überlegung mit 72 Jahren einer Geschlechtsumwandlung.

So weit kein Problem, auch alles gut verlaufen – wenn da jetzt nicht das »Transsexuellengesetz« (TSG) wäre: Da steht nämlich drin, dass man nach der Geschlechtsumwandlung nur dann einen Antrag auf staatliche Anerkennung zum anderen Geschlecht stellen kann, wenn man »nicht verheiratet ist«. Der ältere Herr, also jetzt: die ältere Dame, müsste sich somit erst scheiden lassen, um auch vor dem Gesetz offiziell als Frau anerkannt zu werden. Das Problem: Die Eheleute waren so gut miteinander, dass sie sich nach 50 Jahren glücklichen Zusammenseins wegen dieses Eingriffs keinesfalls scheiden lassen wollten. Ein halbes Jahrhundert verbinde eben, und das Geschlecht spiele keine Rolle mehr.

Was tun? Die geschlechtsumgewandelte Frau klagte trotz des gesetzlichen Verbots auf Anerkennung – und bekam jetzt vor dem Bundesverfassungsgericht Recht! Die höchsten deutschen Richter erklärten das TSG für teilweise verfassungswidrig. Die Vorschrift, wonach erst die Ehe aufgelöst werden müsse, um als Transsexueller auch vom Staat anerkannt zu werden, verletzte nämlich zum einen das Selbstbestimmungsrecht des Betroffenen und zum anderen den grundgesetzlich garantierten Schutz der Ehe. Wörtlich: »Das Geschlecht eines Menschen kann sich im Laufe des Lebens ändern. Die Eheleute können dennoch grundsätzlich selbst bestimmen, wie sie ihre Ehe weiterführen. Auch Transsexuelle, die erst nach Eheschließung die Zugehörigkeit zum anderen Geschlecht bemerken, genießen weiterhin den Schutz der Institution Ehe. Sie können vom Staat daher nicht gezwungen werden, sich erst scheiden zu lassen, wenn sie eine Anerkennung als Transsexueller wunschen. Dies wäre ein grundgesetzwidriger Eingriff in die Selbstbestimmung und die Menschenwürde.«

Die beiden Liebenden dürfen also verheiratet bleiben. Trotz Geschlechtsumwandlung. Dem Grundgesetz sei Dank.

Bundesverfassungsgericht — Aktenzeichen: 1 Bv 10/05

Die wahren Sorgen der Deutschen Bahn

Von Schaffnern und Trillerpfeifen

Als hätte die Deutsche Bahn (DB) nicht schon genug Sorgen mit ihren Fahrgästen, kommt hier eine herzerfrischend absurde Geschichte aus einem deutschen Nachtzug: Ein junger Tramper aus dem Ruhrgebiet fuhr vor einiger Zeit in Richtung Süddeutschland. In Ermangelung einer Schlafgelegenheit begab er sich in das Fahrradabteil des Zuges und schlief dort auf dem Boden liegend ein. Als gegen 1:30 Uhr die Zugbegleiterin das Fahrradabteil betrat und den jungen Mann in seinen Schlafsack eingerollt liegen sah, trat sie nah an sein Gesicht heran und blies ohne Vorwarnung mit voller Kraft in ihre Trillerpfeife.

Was schlicht ungeheuerlich klingt, landete jetzt in letzter Instanz vor dem Oberlandesgericht (OLG) in Hamm. Der bedauernswerte Mann trug nämlich aufgrund dieses Vorfalls bleibende Innenohrschäden, unter anderem in Form eines Tinnitus, davon.

Nun forderte er von der Bahn Schadensersatz sowie ein Schmerzensgeld, was die Bahn beziehungsweise die Zugbegleiterin selbstverständlich ablehnten. Ihr erfrischend absurdes Argument: Die Zugbegleiterin habe eindeutig in Notwehr (!) gehandelt, weil der Mann ja unrechtmäßig im Fahrradabteil auf dem Boden lag.

Diesen Unsinn bekam die Zugbegleiterin vom OLG Hamm nun um die Ohren gehauen. Wörtlich heißt es im Urteil: »Der Kläger lag erkennbar friedlich auf dem Boden und schlief. Selbst wenn das Betreten des Fahrradabteils eine Verletzung des Hausrechts der Bahn darstellte, war das Vorgehen der Zugbegleiterin offensichtlich unangemessen und damit eine unzulässige und vor allem schuldhafte Körperverletzung. Als milderes Mittel hätte für jeden erkennbar nahegelegen, etwa neben dem schlafenden Kläger fest mit dem Fuß auf den Boden zu treten oder ihn einfach nur anzustupsen. Auch davon wäre er aller Wahrscheinlichkeit nach erwacht.«

Und ganz zum Schluss – die überraschende Erkenntnis: »Zugbegleiter müssen wissen, dass Pfiffe mit Trillerpfeifen in geschlossenen Abteilen und in unmittelbarer Nähe des Kopfes einer Person erhebliche Verletzungsgefahren für die betroffenen Fahrgäste bedeuten können.« Ach so.

Oberlandesgericht Hamm — Aktenzeichen: 9 U 89/09

Ziehen Sie sich bitte wasserdicht an!

Lupenreiner Slapstick vom Landgericht in Itzehoe

Diese Szenen kennt man eigentlich nur aus alten Slapstick-Filmen: Ein Fußgänger steht am Straßenrand, vor ihm eine dicke Pfütze auf der Fahrbahn und von links nähert sich mit rasanter Geschwindigkeit ein Auto. Den Rest können Sie sich vorstellen – für den Zuschauer immer wieder ein großer Spaß. Passiert das Ganze allerdings in der Wirklichkeit, stellt sich die interessante Frage: Muss der Autohalter eigentlich haften, wenn er beim Durchfahren einer Wasserlache einen Fußgänger nassspritzt und dessen Kleidung versaut? Das Landgericht in Itzehoe (Schleswig-Holstein) hat vor wenigen Tagen hierzu verbindlich Stellung genommen und Überraschendes festgestellt: »Ein Fahrzeughalter muss keinen Schadensersatz zahlen, wenn er eine Wasserlache auf der Straße nicht in Schrittgeschwindigkeit durchfährt und durch das Spritzwasser die Kleidung eines Fußgängers verschmutzt wird.«

Im konkreten Fall befuhr der Autohalter eine Straße, die zur selben Zeit auch von einem älteren Ehepaar als Fußgänger genutzt wurde. Auf der Höhe der Eheleute fuhr der Mann dann so schnell durch eine Wasserlache, dass eine

Fontaine auf das Paar niederregnete. Problem: Der Fahrer hätte den Schaden durch Fahren in Schrittgeschwindigkeit abwenden können.

Das LG bestätigte jetzt, dass die Voraussetzungen für einen Schadensersatzanspruch gegen den Autofahrer gleichwohl nicht vorliegen. Ihn treffe nämlich kein Verschulden, da »ein Pkw-Fahrer nicht verpflichtet ist, Wasserlachen auf der Fahrbahn nur im Schritttempo zu durchfahren, wenn andernfalls Fußgänger bespritzt werden könnten«. Berücksichtigt werden müsse zum einen die Unfallgefahr, die durch plötzliches Abbremsen oder Langsamfahren für den nachfolgenden Verkehr entstehe. Aber auch da, wo ein Durchfahren von Wasserlachen in Schrittgeschwindigkeit ohne Gefährdung des übrigen Verkehrs möglich sei, könne dies nicht stets verlangt werden, um ein Bespritzen von Fußgängern auszuschließen. Noch einmal wörtlich aus dem Urteil: »Bei Regen müssten ansonsten gegebenenfalls ganze Ortschaften oder Städte in Schrittgeschwindigkeit durchfahren werden, um eine Beeinträchtigung des Fußgängerverkehrs auszuschließen, was den Straßenverkehr unzumutbar beeinträchtigen würde. Soweit Fußgänger damit rechnen müssen, bespritzt zu werden, können sie sich durch geeignete Bekleidung schützen.«

Dieses Urteil ist übrigens rechtskräftig und damit verbindlich. Auch wenn es irgendwie nach Slapstick klingt.

Landgericht Itzehoe — Aktenzeichen: 1 S 186/10

Taxi vollgekotzt – wer zahlt?

Überraschendes aus München

Für alle Freunde des gepflegten Getränkekonsums kommt hier die ultimative Frage: Wer zahlt eigentlich, wenn man ein Taxi wegen übermäßiger Trunkenheit vollkotzt?

Die überraschende Antwort lautet: Es kommt darauf an! Das Amtsgericht in München musste kürzlich über folgenden, unappetitlichen Fall entscheiden. Nach ausgiebigem Besuch des Oktoberfestes stiegen zwei Freunde nachts in ein Taxi. Während der Fahrt wurde dann einem der beiden Kameraden ziemlich schlecht, woraufhin der andere den Taxifahrer bat, umgehend anzuhalten. Der Fahrer folgte dieser Bitte allerdings nicht, da er an einen Scherz glaubte, sich zudem kurz vor dem angepeilten Zielort befand und wegen der gerade erst angebrochenen Nachtschicht keine unnötige Zeit verlieren wollte.

Das übelriechende Ergebnis dieses Entschlusses verteilte sich Sekunden später auf der gesamten Rückbank. Konsequenz: Die Nachtschicht war selbstverständlich beendet, und es entstanden zudem beachtliche Reinigungskosten, die der Taxifahrer – einschließlich seines Verdienstausfalls – später vor Gericht einklagte.

Das Problem: Normalerweise muss ein Fahrgast, der ein Taxi verschmutzt/vollkotzt, für den dadurch entstandenen Schaden natürlich vollumfänglich aufkommen. Hier allerdings war der Taxifahrer ja gewarnt worden, hatte den Wagen aber gleichwohl nicht sofort angehalten. Das Gericht überraschte die Beteiligten und gab angesichts dieser Umstände dem Fahrer die (Mit-)Schuld für die Verschmutzung. Lediglich seine Behauptung, er habe die Warnung des anderen Fahrgastes nicht ernst genommen, da er angeblich häufiger von angetrunkenen Fahrgästen auf den Arm genommen werde, rettete ihm zumindest die Hälfte seiner Kosten.

Fazit: Wer ein Taxi vollkotzt, muss grundsätzlich den Schlamassel auch bezahlen, übrigens tatsächlich einschließlich eines möglichen Verdienstausfalls. Hält der Fahrer allerdings trotz Warnung den Wagen nicht an, macht er sich mitverantwortlich und trägt einen Teil des Schadens, unter Umständen sogar die gesamten Kosten, selbst. Prost.

Amtsgericht München — Aktenzeichen: 271 C 11329/10

Schnarchen im Altbau ist kein Mangel!

Was genervte Nachbarn erdulden müssen

Altbau-Fans, hergehört! Das Amtsgericht (AG) in Bonn hat eine wegweisende Entscheidung zur folgenden, immens wichtigen Frage gefällt: Sind schnarchende Nachbarn ein Kündigungsgrund? Kein Scherz, genau das war die Frage.

Ein älteres Ehepaar fühlte sich von einem Makler verschaukelt. Der hatte dem Paar nämlich eine Wohnung »im Gründerzeithaus, modernisiert, mit Holzböden und in ruhiger Lage« vermittelt. Als die Herrschaften einzogen, bemerkten sie allerdings gleich in der ersten Nacht, dass aus der unter ihnen liegenden Wohnung massive Schnarchgeräusche zu hören waren. Da sich das auch an den Folgetagen nicht änderte, kündigten sie die Wohnung fristlos wegen eines schwerwiegenden Mangels sowie arglistiger Täuschung durch den Makler und forderten zudem Schadensersatz.

Zu Unrecht! Das Gericht wies die Klage der Mieter ab und gab ernüchternde beziehungsweise erhellende Auskünfte darüber, was man in einem Altbau aus der Gründerzeit an Schallisolierung erwarten darf. Wörtlich heißt es im Urteil: »Für die Frage einer hinreichenden Schallisolierung kommt es nach ständiger Rechtsprechung des Bundesgerichtshofs auf den Zeitpunkt der Errichtung des Gebäudes an, im konkreten Fall also das Jahr 1897. Für die damalige Zeit entsprach die vorliegend als Trenndecke eingebaute Holzbalkendecke allerdings dem Standard. Bei diesen Decken indes kann gerade bei tiefen Frequenzen wie dem klassischen Schnarchen naturgemäß eine Lärmbelästigung der Nachbarn nicht ausgeschlossen werden. Als Mieter einer Altbauwohnung aus der Gründerzeit muss man mit diesen Geräuschen rechnen und leben. Dass die Wohnung zudem ›in ruhiger Lage‹ angeboten wurde, betrifft logischerweise nur die Umgebung des Hauses, nicht aber den Lärmpegel im Haus selbst.«

Wir merken uns also bitte: Schnarchen in der Gründerzeit ist kein Mangel.

Amtsgericht Bonn — Aktenzeichen: 6 C 598/08

Mit der Machete gegen Falschparker

Wenn Rentner durchdrehen

Dass ein Rentner die aktive Hauptrolle bei einem Gewaltverbrechen spielt, gehört zu den Raritäten vor deutschen Gerichten. Was allerdings ein 72-jähriger Ruheständler aus dem beschaulichen Limburg an der Lahn veranstaltete, weil er glaubte, einen Parksünder ertappt zu haben, verwundert dann doch.

Besagter Rentner verbrachte seit Jahren die Zeit damit, von seinem Küchenfenster aus die Parkgewohnheiten der Nachbarn zu beobachten. Eines Tages fühlte er sich durch ein auf der Straße abgestelltes Fahrzeug belästigt, weil dieses Auto angeblich die Ausfahrt vor seinem eigenen Grundstück blockierte. Als der Rentner den »Parksünder« ansprach und aufforderte, seinen Wagen wegzusetzen, weigerte dieser sich und riet ihm, die Polizei zu rufen. Die würde dann sicher feststellen, dass er – was der Wahrheit entsprach – nicht im Parkverbot stehe.

Diese Ansage hätte er sich wohl besser gespart: Der offenbar verbitterte Rentner holte postwendend aus seinem Wohnzimmerschrank eine 70 cm lange Machete, folgte dem ausgestiegenen Autofahrer unauffällig und schlug wenig später von hinten ohne Vorwarnung mehrmals auf ihn ein. Das Opfer verlor einen Finger und erlitt, neben weiteren Verletzungen, einen offenen Schädelbruch.

Die Geschichte landete jetzt vor dem Bundesgerichtshof (BGH). Das Landgericht (LG) in Limburg hatte den Rentner wegen dieser Tat nämlich zu »nur« sieben Jahren Haft, unter anderem wegen versuchten Totschlags, verurteilt. Dies mochte der BGH nicht absegnen – das Gericht ordnete nun eine neue Verhandlung an: Nach Auffassung der Karlsruher Richter muss der Mann härter bestraft werden. Das LG habe zu Unrecht wegen des hohen Alters des Täters einen versuchten »Mord« abgelehnt und die Tat nur als gnädigeren »Totschlag« gewertet. Durch sein brutales und hinterhältiges Verhalten habe der Rentner dokumentiert, dass er trotz seines Alters sehr wohl bei Sinnen gewesen sei und daher die gesamte Tatsituation auch realistisch einschätzen konnte. Zudem müsse berücksichtigt werden, dass der Mann nach seiner Festnahme gegenüber der Polizei wie auch vor Gericht die Tat vollkommen selbstverständlich als »gerechtfertigte Selbstjustiz« bewertet hatte, da er von der Polizei enttäuscht sei. Dies könne die Rechtsordnung nicht hinnehmen. Auch nicht bei Rentnern. Wörtlich: »Vor dem Gesetz sind alle Menschen gleich, auch Rentner.«

Bundesgerichtshof — Aktenzeichen: 2 Str 391/09

Mit Feuerwerk gegen Katzen

Wenn Rentner durchdrehen II

Ganz ausnahmsweise wollen wir uns hier mal einen Fall aus der Kategorie »Schadenfreude« gönnen. Manche Dinge sind einfach zu absurd: Konkret die Geschichte eines Rentners aus der Nähe von Dessau. Der besaß ein Haus und auch eine Katze, für die er im Keller eine sogenannte »Katzenklappe« installiert hatte, damit sein Stubentiger nach draußen konnte. Dort draußen freundete sich die Katze dann irgendwann mit einem Kater an und brachte den auch gleich mit ins Haus, und zwar selbstverständlich durch die Katzenklappe.

Unser Herr aus Dessau mochte nun aber keine zweite Katze haben und kam deshalb auf folgende Idee: Als seine Katze im oberen Stockwerk des Hauses war und er den Kater vom Fenster aus Richtung Katzenklappe kommen sah, zündete er zwei schwere Feuerwerkskörper, warf sie die Kellertreppe runter und hoffte, dass der eindringende Kater getroffen und getötet würde. Anschließend verharrte er fast fünfzehn Minuten im oberen Stockwerk. Dummerweise begann in dieser Zeit das Haus niederzubrennen, da sich an der Kellertreppe alte Kleidungsstücke befanden, die sofort Feuer fingen.

Das Oberlandesgericht in Naumburg (Sachsen-Anhalt) verwarf jetzt die Klage des Mannes gegen seine Versicherung auf Ersatz für das komplett abgebrannte Haus. Der Mann habe, so die Richter, derart grob fahrlässig gehandelt, dass nicht mal eine Quotelung der Haftung in Betracht komme. Hierzu muss man wissen, dass seit 2008 im Falle einer groben Fahrlässigkeit des Versicherungsnehmers die Haftung der Versicherung nach dem Maß des Verschuldens des Versicherungsnehmers beschränkt werden kann. Während die Versicherungen bis 2008 bei grober Fahrlässigkeit (und natürlich bei Vorsatz) von der Haftung generell freigestellt waren, müssen sie heute unter Umständen auch bei grober Fahrlässigkeit anteilig haften.

Das aber wollten die Richter in diesem Falle nicht einsehen. Wörtlich heißt es: »Das langfristig und zielgerichtet geplante Zünden von Feuerwerkskörpern in geschlossenen Räumen mit leicht brennbaren Gegenständen zur Tötung einer Katze, das einen Gebäudebrand mit völliger Zerstörung des Hauses zur Folge hat, rechtfertigt ausnahmsweise eine Kürzung der Versicherungsleistung auf Null. Ein solches, unverantwortliches wie unverständliches Verhalten kann nicht auf Kosten der Versicherung ausgetragen werden.«

Oberlandesgericht Naumburg — Aktenzeichen: 4 W 12/11

Polar-Schiffstour – leider ohne Arktis!

Der Klimawandel als Reisemangel

Am Ende war es nur eine Frage der Zeit, bis der Klimawandel auch endlich Einzug in die deutschen Gerichtssäle halten würde. Jetzt ist es so weit – und der Fall, den das Oberlandesgericht (OLG) Hamburg kürzlich zu entscheiden hatte, darf getrost als Vorreiter für zukünftige Prozesse betrachtet werden. Folgendes war passiert: Ein Reiseveranstalter hatte einem Kunden eine Schiffsreise durch die »Nordwest-Passage« – also oberhalb des amerikanischen Kontinents, vom Atlantischen rüber zum Pazifischen Ozean – verkauft und bei der Durchquerung des Polarmeeres auch eine längere Fahrt durch »meterdickes Packeis« vertraglich angepriesen. Im Übrigen hatte der Veranstalter in den Reisevertrag noch einen Passus aufgenommen, nach dem Änderungen des Reiseverlaufs und des Programms aufgrund »extremer Witterungs- und Wetterverhältnisse« ausdrücklich vorbehalten sein sollten.

Und dann wurde es spannend: Aufgrund des Klimawandels ließen sich nämlich auf der vorgesehenen Route durch das Polarmeer im Juli 2007 leider keine der versprochenen meterdicken Packeisschichten mehr finden mit der Konsequenz, dass das Schiff hauptsächlich durch seichtere Gewässer fahren musste. Einer der Passagiere zog anschließend vor Gericht und argumentierte, die Reise habe aufgrund der nicht eingehaltenen Zusicherung im Hinblick auf das Packeis einen »Mangel« im Sinne des Reiserechts, und deshalb wolle er jetzt auch einen Teil seines Geldes zurück. Schließlich sei ihm das ausdrücklich angepriesene Erlebnis einer Fahrt durch meterdickes Packeis entgangen.

Das OLG Hamburg gab dem enttäuschten Urlauber Recht! Wenn sich ein Reiseveranstalter auf eine derartige Zusicherung einlasse, dann müsse er sie grundsätzlich auch einhalten. Und daran ändere insbesondere der Vorbehalt für »extreme Witterungs- oder Wetterverhältnisse« nichts. Denn damit sei im konkreten Fall aus Sicht eines neutralen Beobachters natürlich nicht gemeint, dass es – wie hier – aufgrund des Klimawandels extrem wenig, sondern vielmehr dass es unter Umständen bei der Fahrt extrem viel Packeis gebe und daher die Route geändert werden müsse.

Erstaunliche Konsequenz: Die Folgen des Klimawandels in Form des geschmolzenen Packeises im Polarmeer begründen einen »Mangel« im Sinne des Reiserechts und bescheren damit dem betroffenen Urlauber tatsächlich einen entsprechenden Schadensersatzanspruch. Wer hätte das gedacht?

Oberlandesgericht Hamburg — Aktenzeichen: 9 U 92/08

Genau 45 Sekunden

Erstaunliches von deutschen Autobahnen

Mir passiert das regelmäßig auf der A61 von Köln in Richtung Koblenz: Zweispurige Autobahn, leichte Steigung und vor mir mit ungefähr 80 km/h zwei Lkws. Blöderweise aber nicht hinter-, sondern schön brav nebeneinander. Ich habe es zumeist vergleichsweise eilig, und den Rest kennen Sie, wenn Sie jemals in einer solchen Situation waren: Es dauert gefühlte zehn Minuten, bis sich der eine Koloss im Schneckentempo an dem anderen vorbeizwängt und endlich wieder rechts einordnet. Die Fachwelt nennt so etwas »Elefantenrennen«.

Ob und unter welchen Umständen solche Überholvorgänge zulässig sind oder gegen straßenverkehrsrechtliche Vorschriften verstoßen, musste kürzlich das Oberlandesgericht (OLG) im rheinland-pfälzischen Zweibrücken entscheiden: Ein offenbar ähnlich wie ich genervter Autofahrer hatte einen Lkw-Fahrer wegen eines überlangen Überholvorganges angezeigt und einen Verstoß gegen die Straßenverkehrsordnung (StVO) gerügt. Nach der StVO darf nämlich nur überholen, »wer mit wesentlich höherer Geschwindigkeit als der zu Überholende fährt«.

Problem: Was ist eigentlich eine »wesentlich höhere Geschwindigkeit« im Sinne des Gesetzes?

Die Richter aus Zweibrücken stellten zunächst fest, dass es zu dieser Frage deutschlandweit bislang leider keine verbindliche Rechtsprechung gibt, beriefen sich dann auf eine frühere Entscheidung des OLG Hamm – und legten schließlich die folgenden, hochinteressanten Regeln fest: Solange der überholende Lkw mit mindestens 10 km/h höherer Geschwindigkeit fährt, liegt kein Verstoß gegen die StVO vor. Ausgehend von einer Geschwindigkeit von 80 km/h für das überholende und von 70 km/h für das überholte Fahrzeug sowie einer Fahrzeuglänge von 25 Metern und einem für das Überholen vorgeschriebenen Sicherheitsabstand von 50 Metern, darf der gesamte Vorgang demnach nicht länger als 45 Sekunden dauern.

Wörtlich heißt es somit in der Entscheidung: »Überholvorgänge auf zweispurigen Autobahnen, die bei einer Dauer von mehr als 45 Sekunden beziehungsweise einer Differenzgeschwindigkeit von unter 10 km/h zu einer deutlichen Behinderung anderer Verkehrsteilnehmer führen, verstoßen gegen die Straßenverkehrsordnung und sind mit einem Bußgeld zu ahnden.«

Fazit: Was sich anfühlt wie zehn Minuten, darf tatsächlich nur 45 Sekunden dauern. Hätten Sie's gedacht?

Oberlandesgericht Zweibrücken — Aktenzeichen: 1 SsRs 45/09

Licht aus am Auto – strafbar!

Von den Tücken des Straßenverkehrsgesetzes

Ich kenne das eigentlich nur aus einem alten James-Bond-Film: Sean Connery fährt in irgendeinem Streifen aus den sechziger Jahren mit seinem *Aston Martin* durch die Gegend, und an diesem Traum eines Autos kann man das Nummernschild drehen und sogar komplett verdecken. Zur Tarnung, versteht sich.

Im langweiligen, richtigen Leben bei uns in Deutschland wäre so etwas natürlich strafbar, genau genommen steht im Straßenverkehrsgesetz, dass man für den sogenannten »Kennzeichenmissbrauch« mit Geld- oder Freiheitsstrafe bis zu einem Jahr belangt werden kann. So, und das Oberlandesgericht (OLG) in Stuttgart hat jetzt vor ein paar Tagen entschieden, dass das selbst dann gilt, wenn man in den Abendstunden einfach nur die komplette Fahrzeugbeleuchtung ausschaltet. Im konkreten Fall war ein junger Mann aus Göppingen mit seinem Fahrzeug auf eine allgemeine Verkehrskontrolle zugefahren, der er sich aber entziehen wollte. In seiner Not wendete er etwa fünfzig Meter vorher den Wagen und fuhr in die entgegengesetzte Richtung davon. Um nicht erkannt zu werden, schaltete er dann vorübergehend die komplette Beleuchtung am Wagen aus, da so auch die kleine Lampe am Nummernschild nicht leuchtete und die Buchstaben und Zahlen auf die Entfernung nicht lesbar waren.

Er wurde natürlich trotzdem von der Polizei gestellt und bekam nun wegen dieses Verhaltens eine Verurteilung wegen »Kennzeichenmissbrauchs« verpasst. Begründung: Wer in den Abendstunden die Beleuchtung seines Wagens und damit auch seines Nummernschildes ausschaltet, macht das Kennzeichen unlesbar. Dieser Fall, so die Richter in Stuttgart, sei gleichzustellen mit dem Abmontieren oder kompletten Verdecken des Schildes. Wer dies tue, um die Lesbarkeit des Kennzeichens durch die Polizei zu vereiteln, mache sich strafbar nach dem Straßenverkehrsgesetz.

Kleines Schmankerl zum Schluss: Der junge Mann war bei der Fahrt übrigens leicht alkoholisiert und fuhr – unerlaubt! – mit dem Wagen seines Vaters. Viel Spaß daheim.

Oberlandesgericht Stuttgart — Aktenzeichen: 2 Ss 344/11

Wer von hinten kommt, ist klar im Vorteil

Überraschende Verkehrsregeln aus Holland

So, wir machen es kurz, dafür aber umso erstaunlicher: Wenn Sie im Urlaub nicht nach Mallorca, sondern lieber rüber nach Holland fahren und dort demnächst aus Versehen in einen Auffahrunfall verwickelt werden, denken Sie bitte an Folgendes: Während in Deutschland bekanntlich der sogenannte »Beweis des ersten Anscheins« dafür spricht, dass der Auffahrende die Schuld am Unfall trägt, ist das in Holland genau umgekehrt. Kein Witz.

Zu spüren bekam dies kürzlich ein Autofahrer aus Geldern, einem Ort in der Nähe der holländischen Grenze, dem in Holland ein Einheimischer aufgefahren war.

Als unser »Unfallopfer« anschließend vor Gericht zog, um seinen Schaden einzuklagen, kam Erstaunliches heraus: Zunächst erklärte sich das Amtsgericht in Geldern für zuständig, obwohl der Unfall in Holland stattgefunden hatte. Begründung: Da in Holland im Falle eines Verkehrsunfalls ein Direktanspruch gegen die jeweilige Kraftfahrzeugversicherung besteht, ist es nach europäischem Recht zulässig, am eigenen Wohnort, notfalls eben auch außerhalb Hollands, zu klagen. Unser Autofahrer aus Geldern durfte also in Deutschland gegen die niederländische Kraftfahrzeugversicherung klagen. Das Problem: Anwendbar war freilich dennoch niederländisches Recht. Und da nahm es das Amtsgericht in Geldern dann genau. Wörtlich heißt es: »Anders als in Deutschland existiert im Nachbarland keine allgemeine Regel, dass im Zweifel der Auffahrende die Schuld am Unfall trägt. Vielmehr muss diejenige Partei, die Schadensersatzansprüche geltend macht, das Fehlverhalten des anderen Unfallbeteiligten nachweisen. Dies ergibt sich aus Artikel 150 *Wetboek van burgerlikje Rechtsverordering (Rv) de Nederlands.*«

Und da in unserem Fall der aufgefahrene Niederländer behauptete, der Mann aus Geldern habe zu abrupt gebremst, was dieser nicht widerlegen konnte, gab es keine eindeutigen Beweise für die eine oder andere Fassung. Konsequenz: Unser Mann aus Geldern blieb den Beweis für die Schuld des auffahrenden Niederländers schuldig – und die Klage wurde abgewiesen. Nach deutschem Recht freilich wäre das Ganze genau umgekehrt ausgegangen, der Auffahrende muss sich bei uns entlasten, gelingt dies nicht, trägt er die Schuld am Unfall.

Wir merken uns also: Wer von hinten kommt, ist nach Artikel 150 *Wetboek van burgerlikje Rechtsverordering (Rv) de Nederlands* eindeutig im Vorteil. Jedenfalls in Holland. Ach ja: Auf Mallorca gelten übrigens die gleichen Regeln wie bei uns. Logisch.

Amtsgericht Geldern — Aktenzeichen: 4 C 356/10

Faustdicke Verwünschungen

Sonderbare Rechtsansichten aus Bremen

Der Jurist an sich gilt zuweilen als nüchtern und lebensfremd. Häufiger Aufenthalt in Gesetzestexten und Gerichtsgebäuden vernebelt in der Tat so manchem die Sinne für die Wirklichkeit. Was allerdings kürzlich die Richter am Oberlandesgericht (OLG) in Bremen boten, ist kaum zu glauben: Vor dem OLG stritten zwei Wohnungseigentümer. Einer von beiden arbeitete als Verwalter des Hauses, in dem die Streithähne in ihren Wohnungen lebten. Als es wieder mal zu Unstimmigkeiten kam, traf man sich zu einer Besprechung mit anderen Eigentümern im Büro des Verwalters. Dort gab dann ein Wort das andere, bis schließlich der körperlich erheblich überlegene Wohnungseigentümer auf den Verwalter zuging, ihm seine Faust etwa zehn Zentimeter vor das Gesicht hielt und sagte: »Was willst du überhaupt, du kleiner Wichser?« Anschließend verließ er das Büro, immer noch mit erhobener Faust.

Diesen Auftritt mochte der Verwalter nicht auf sich sitzen lassen, zog vor Gericht und forderte eine Verurteilung wegen dieser offensichtlichen Androhung einer Körperverletzung. Nach dem »Gewaltschutzgesetz« kann man in solchen Fällen unter anderem verlangen, dass der Drohende den Kontakt zum Bedrohten unterlässt oder zumindest einen gewissen Abstand hält.

Das OLG Bremen überraschte die Prozessbeteiligten und wies die Klage ab. In der Begründung heißt es: »Dem Antrag war nicht stattzugeben. Es handelt sich bei dem Verhalten des Antragsgegners nämlich nicht um eine Bedrohung mit körperlicher Gewalt. Zwar erscheint der Antragsgegner insgesamt als jähzornig, aggressiv und auch körperlich dem Antragsteller erheblich überlegen. Das Ballen der Faust mit der – durchaus beleidigenden – Aussage kann allerdings dennoch nur als situationsbedingte Verwünschung gewertet werden. Eine solche Verwünschung genügt aber nicht, um nach dem Gewaltschutzgesetz entsprechende Vorsichtsmaßnahmen anzuordnen. Hierunter fallen nur ernstliche Drohungen mit Gewalt, die ein objektiver Durchschnittsmensch auch so verstehen muss. Davon kann nach Ansicht des erkennenden Senats aber nicht ausgegangen werden.«

Und das ist kein Märchen, sondern ein Gerichtsurteil.

Oberlandesgericht Bremen — Aktenzeichen: 4 UF 9/10

Arnsberger Amok

Terrorgefahr von einem Zwölfjährigen

Dass die Terror-Angst umgeht, berichten jeden Tag alle möglichen Nachrichtensendungen, nichts und niemand ist angeblich mehr sicher. Ein insoweit geradezu skurriles Spektakel ereignete sich kürzlich im beschaulichen Arnsberg in Hessen – und landete schließlich vor dem hessischen Verwaltungsgerichtshof (VGH), dem höchsten Verwaltungsgericht unseres Nachbarlandes.

Folgendes war passiert: Während einer Fahrt mit dem Schulbus unterhielten sich zwei zwölfjährige Jungen. Im Verlauf des Gesprächs meinte dann der eine zu dem anderen Jungen, er werde eines Tages auch »Amok laufen« und an der Schule »ein Blutbad anrichten«. Da der andere Junge diese Geschichte wenig später in der Schule zum Besten gab, alarmierte die Schulleitung umgehend die Polizei. Die Polizeibeamten kamen, nahmen den Jungen mit und »verhörten« ihn auf der Wache. Als sich dabei herausstellte, dass es sich bei der Drohung des Jungen um eine alberne Prahlerei handelte, brachten sie das Kind zurück zur Schule. Fehlalarm.

Und dann wurde es interessant: Die zuständige Landesbehörde forderte nämlich einige Wochen später von dem

Zwölfjährigen (!) die Erstattung der Kosten des Polizeieinsatzes – und zwar mit erstaunlicher Begründung: Der Junge habe »vorsätzlich eine Gefahrenlage vorgetäuscht« und müsse daher die Kosten des Polizeieinsatzes tragen.

Diese merkwürdige Argumentation bekam die Behörde nun vom VGH um die Ohren gehauen, selbstverständlich streng formal, aber deutlich: Wörtlich heißt es: »Um eine ›Gefahrenlage‹ im Sinne des Gesetzes vorzutäuschen, muss die betreffende Person erst einmal entsprechend handlungsfähig sein. Bei der offensichtlich prahlerischen Androhung eines Amoklaufs durch einen Zwölfjährigen während der Fahrt im Schulbus ergeben sich insoweit jedoch – für jedermann erkennbar – ernstliche Zweifel am Wahrheitsgehalt dieser Aussage. Es lag auf der Hand, dass der Junge sich keine weiteren Gedanken über seine Aussage gemacht und auch keinen Amoklauf geplant hatte. Seine Aussage kann daher auch nicht als vorsätzliches Androhen gewertet werden. Selbst das Strafgesetzbuch geht erst mit dem Erreichen des 14. Lebensjahres von einer Schuldfähigkeit und Verantwortlichkeit aus. Der zwölfjährige Junge kann daher für den Polizeieinsatz nicht in Anspruch genommen werden.«

Verwaltungsgerichtshof Hessen — Aktenzeichen: 5 A 2224/10.Z

Marokkanische Scheidung in Bottrop

Arabisches Recht vs. Deutsche Gepflogenheiten

Wenn deutsche Justiz und arabisches Recht aufeinandertreffen, fördert dies in aller Regel Erstaunliches zutage. So wie kürzlich vor dem Amtsgericht (AG) im schönen Bottrop in Nordrhein-Westfalen. Dort mussten die Richter über die Scheidung zweier marokkanischer Eheleute urteilen. Das Problem: Nach deutschem Recht gilt bei einer Scheidung in solchen Fällen die Rechtsordnung des Landes, dem beide Eheleute staatenmäßig angehören, hier also marokkanisches Scheidungsrecht. Und da steht Interessantes geschrieben: Zwar kann nach marokkanischem Recht überraschend nur die Frau einen Scheidungsantrag stellen – dem Mann hingegen eröffnet sich durch eine dreifache mündliche »Verstoßung mit klaren Worten« seiner Frau (die sogenannte »talaq«) der Weg in die Freiheit. Der Mann kann sich also von seiner Frau quasi einseitig »lossagen«.

Trotz einer unbestritten vorliegenden, dreimaligen »Lossagung« mochte das Gericht in Bottrop die Scheidung gleichwohl nicht aussprechen. Es handele sich bei diesen Vorschriften des marokkanischen Rechts nämlich um eine offensichtliche Benachteiligung der Frau, die dem deutschen

Grundgesetz widerspreche und daher auch nicht angewendet werden könne.

Irrtum! Das OLG Hamm hob die Entscheidung auf. Überraschende Begründung: Das marokkanische Scheidungsrecht sei dem deutschen Recht insoweit durchaus ähnlich, als dass die Frau einer solchen »Lossagung« ja einfach zustimmen könne. Und unter diesen Voraussetzungen sowie einem zusätzlichen Trennungsjahr bestünden dann auch keine verfassungsrechtlichen Bedenken mehr. Schließlich müsse dann auch nach deutschem Recht die Ehe geschieden werden.

Konsequenz: Das Amtsgericht muss erneut über die Scheidung verhandeln. Stimmt die Frau der dreimaligen »Lossagung« zu und ist zudem ein Trennungsjahr verstrichen, muss die Ehe geschieden werden. Wörtlich heißt es in der Entscheidung: »Das marokkanische Scheidungsrecht widerspricht damit nicht den in Deutschland geltenden grundlegenden Wertvorstellungen und benachteiligt die Frau auch nicht unangemessen.«

Oberlandesgericht Hamm — Aktenzeichen: 2 WF 259/09

Drei Instanzen für 7,99 Euro

Deutsche Peinlichkeiten vor dem Europäischen Gerichtshof

Den Deutschen eilt – vermutlich zu Recht – bis heute der Ruf des Kleinkarierten voraus. Tatsächlich werden in keinem anderen Land der Welt, auf die Einwohnerzahl hochgerechnet, mehr Rechtsstreite geführt als bei uns.

Ein wahres Glanzstück deutscher Peinlichkeit lag jetzt dem Europäischen Gerichtshof für Menschenrechte (EGMR) in Straßburg vor: Ein Beamter aus Frankfurt an der Oder mit einem Monatsgehalt von deutlich über 4.500 Euro hatte das Land Brandenburg – seinen Arbeitgeber – auf Erstattung von 7,99 Euro verklagt. Hintergrund: Der Mann forderte im Rahmen der Beihilfe zu seinen Arztrechnungen die Erstattung eines Magnesiumpräparates als Nahrungsergänzungsmittel im besagten Wert. Als das Land dies unter dem Hinweis darauf, dass es sich bei dem Präparat offensichtlich nicht um ein erstattungsfähiges Arzneimittel handele, ablehnte, erhob der Mann im November 2002 Klage beim zuständigen Verwaltungsgericht (VG). Das VG teilte ihm Anfang 2004 mit, dass Klagen grundsätzlich in chronologischer Reihenfolge bearbeitet würden und er daher erst im Jahre 2006 mit einer Bearbeitung rechnen könne. Hiergegen erhob der Mann umgehend Beschwerde beim Bundesverfassungsgericht (!). Als diese Beschwerde als unzulässig abgewiesen wurde, zog er schließlich nach Straßburg vor den Europäischen Gerichtshof. Dort rügte er, wegen der angeblich überlangen Bearbeitungsdauer sei sein Recht auf ein »faires Verfahren« verletzt – und fing sich überraschenderweise eine deftige Ohrfeige ein.

Der EGMR wollte nämlich deutscher Kleinlichkeit nicht nachgeben und las dem klagefreudigen Beamten aus dem Brandenburgischen die Leviten. Wörtlich heißt es im Urteil: »Angesichts der Trivialität des Sachverhaltes, insbesondere der Geringfügigkeit des geforderten Betrages, dem durchaus ›komfortablen‹ Gehalt des Beamten sowie der Tatsache, dass sich der EGMR – ein internationales Gericht – in aller Regel mit schwerwiegenden Menschenrechtsfragen zu beschäftigen hat, stellt die vorliegende Beschwerde einen Missbrauch des EGMR dar. Vor allem mutwillige Prozesse wie diese führen zur Überlastung der Gerichte und damit auch zu überlanger Dauer einzelner Verfahren. Genau dies aber möchte der Kläger nun mit seiner trivialen Forderung nach 7,99 Euro für ein Nahrungsergänzungsmittel rügen. Die Beschwerde war daher einstimmig als missbräuchlich und unzulässig abzuweisen.«

Danke – und einen ganz herzlichen Gruß nach Straßburg.

Europäischer Gerichtshof für Menschenrechte — Aktenzeichen: (V. Sektion) 22051/07

384 Minuten auf dem Klo

Pinkelpausen im Betrieb dürfen dauern

Hier kommt eine anrüchige Frage: Wie oft gehen Sie eigentlich täglich zur Toilette? Ich weiß, das geht mich natürlich nichts an, aber nach einem aktuellen Urteil des Arbeitsgerichts (ArbG) Köln könnte Ihre Antwort darauf durchaus von Bedeutung sein. Den Richtern lag kürzlich nämlich folgender, sonderbarer Fall zur Entscheidung vor:

Einem Arbeitgeber war aufgefallen, dass ein Mitarbeiter während der Arbeitszeit ziemlich häufig die Toilette aufsuchte. Der Chef beauftragte daher eine Kollegin damit, heimlich die Toilettengänge des Arbeitnehmers aufzuzeichnen – mit überraschendem Ergebnis: In einem Zeitraum von 18 Tagen verbrachte der Mann stolze 384 Minuten (!) auf dem stillen Örtchen. Da sowieso die baldige Auflösung des Arbeitsverhältnisses vereinbart war, wollte der Chef keine Abmahnung oder Kündigung aussprechen und kam auf die Idee, wegen der »Fehlzeiten« das Gehalt des Mitarbeiters zu kürzen, und zwar beträchtlich: Der Chef rechnete die in den 18 Tagen gemessenen 384 Minuten auf die gesamte Dauer des Arbeitsverhältnisses hoch und kam so auf insgesamt 90 »Toilettenstunden« in den vergangenen 12 Monaten, für die er bei einem Stundenlohn von 7,70 Euro in der letzten Gehaltszahlung 700 Euro einbehielt.

Zu Unrecht! Das ArbG Köln mochte diesem fragwürdigen Spiel keinen Segen erteilen und verurteilte den Arbeitgeber zur Zahlung der restlichen 700 Euro: Eine Kürzung wegen angeblich übermäßiger Toilettenzeiten komme nicht in Betracht. Solange kein erkennbarer Missbrauch vorliege, sei eine solche Maßnahme und insbesondere das heimliche Aufzeichnen der Toilettengänge rechtswidrig. Über eine Kürzung des Lohns könne frühestens nachgedacht werden, wenn ein Arbeitnehmer die Hälfte seiner Arbeitszeit auf der Toilette verbringe, was hier aber nicht vorliege. Auf den Einwand des Arbeitnehmers, er habe an den fraglichen 18 Tagen an einer Magenverstimmung gelitten, komme es daher auch gar nicht an.

Fazit: Der Chef hat auf der Toilette nichts zu kontrollieren. Auch häufige Gänge auf das stille Örtchen berechtigen, außer bei offensichtlichem Missbrauch, zu keiner arbeitsrechtlichen Maßnahme.

Ach ja: Die Geschichte spielte übrigens in einer Rechtsanwaltskanzlei – was bei genauer Betrachtung noch zwei Fragen aufwirft: Suchte der angestellte Anwalt in den 384 Minuten auf der Toilette vielleicht dort das Recht? Und falls ja, war diese Suche mit 7,70 Euro wirklich angemessen vergütet? Wie auch immer: Für den Chef jedenfalls war das Verfahren: ein echter Griff ins Klo.

Arbeitsgericht Köln — Aktenzeichen: 6 Ca 3846/09

Solange der Vorrat reicht!

Wie Supermärkte ihre Kunden täuschen – und Recht bekommen!

Ich weiß ehrlich gestanden nicht, wie oft ich mich darüber schon aufgeregt habe: Man liest einen Werbeprospekt mit einem scheinbar günstigen Angebot – und dann kommt er, der tückische Nachsatz: »Angebot nur, solange der Vorrat reicht.«

Was für eine fiese Masche! Jedenfalls denke ich das jedes Mal beim Lesen und verwerfe anschließend den Gedanken, mich auf den Weg in den Supermarkt zu machen. Denn wer weiß schon, ob der Vorrat wirklich bis zu meinem Erscheinen reicht?

Und wer kontrolliert das eigentlich mit dem angeblichen »Vorrat«? Und am Ende hätte der Händler ja das erreicht, was mutmaßliches Ziel dieser Aktion ist: nämlich die Käufer angelockt, um ihnen dann alle möglichen Produkte anzudrehen – außer natürlich dem aus der leidigen Vorratswerbeanzeige.

So, und wenn Sie jetzt gerade zustimmend nicken, weil es Ihnen ähnlich geht wie mir, muss ich Ihnen heute eine bittere Mitteilung machen: Der Bundesgerichtshof (BGH) hat kürzlich diese »Solange-der-Vorrat-reicht«-Masche als rechtlich unbedenklich abgesegnet. Der zu entscheidende Fall spielte übrigens in Köln: Eine bekannte Warenhauskette hatte in einem Zeitungsprospekt damit geworben, dass die Käufer ab einem Einkaufswert von 45 Euro eine »exklusive Strandtasche« als Zugabe geschenkt bekommen, allerdings nur: solange der Vorrat reicht! Hiergegen klagten Verbraucherschützer – und verloren jetzt in letzter Instanz vor dem BGH. Die Karlsruher Richter fanden schlaue Argumente, die für Verbraucher freilich wenig Hilfe bieten. Wörtlich heißt es im Urteil: »Der Zusatz ›solange der Vorrat reicht‹ ist rechtlich zulässig. Nähere Angaben zur konkreten Angebotsmenge können vom Käufer nicht verlangt werden. Sie wären für ihn nämlich sinnlos. Denn selbst wenn der Verbraucher wüsste, welche Stückzahl des fraglichen Produkts am Erscheinungstag im Laden bereit gehalten wird, wäre für ihn dennoch nicht erkennbar, ob zu dem Zeitpunkt, zu dem er das Geschäft aufsuchen möchte, tatsächlich noch ein Produkt vorrätig ist. Dies hängt schließlich vom Kaufverhalten der übrigen Kunden ab.«

Darauf muss man erst mal kommen! Dennoch, es bleibt ein fader Nachgeschmack. Händler können also weiter nach Belieben die Kunden »anlocken« und müssen sich nur dann wegen unzulässiger Irreführung der Verbraucher verantworten, wenn ein »erkennbar grobes Missverhältnis zwischen angebotener Ware und zu erwartendem Käuferinteresse vorliegt«, so der BGH abschließend. Von wem und vor allem wie dies kontrolliert werden soll – dazu sagt der BGH leider kein einziges Wort. Dafür reichte der Vorrat an Weisheit in Karlsruhe offenbar nicht mehr.

Bundesgerichtshof — Aktenzeichen: I ZR 224/06

Lustig geht anders

»Auslachen« ist nach deutschem Recht nicht strafbar

Wer es schon mal selbst erlebt hat, weiß, wie weh so etwas tun kann: Die Rede ist vom »ausgelacht werden« – und zwar von der üblen Variante. Das Oberlandesgericht (OLG) in Hamm/Westfalen hatte vor kurzem erstmalig in der deutschen Rechtsgeschichte darüber zu entscheiden, ob ein solches Auslachen strafrechtlich als »Beleidigung« zu werten ist und folglich gemäß § 185 des Strafgesetzbuches mit Geld- oder Freiheitsstrafe geahndet werden kann.

Die zugrunde liegende Geschichte tut schon weh beim Lesen: Ein Rentner aus Recklinghausen lebte seit Jahren in Feindschaft mit einem jüngeren Nachbarn. Als der Nachbar erfuhr, dass der Rentner ein Gebiss bekommen und damit zu Anfang so seine Schwierigkeiten hatte, begann er, sich darüber lustig zu machen. Der Streit eskalierte schließlich: Als der Nachbar eines Morgens mit dem Auto vorfuhr und den Rentner bei der Gartenarbeit sah, hielt er den Wagen an, kurbelte das Fenster runter und begann abfällig zu lachen. Wie von ihm erwartet, fiel dem verunsicherten Rentner daraufhin das Gebiss aus dem Mund. Jetzt konnte sich der Mann nicht mehr halten und lachte so laut und so lange,

»bis ihm der Bauch weh tat« (Originalzitat aus dem späteren Urteil). Der Rentner fühlte sich beleidigt und erstattete Strafanzeige.

Zu Unrecht, wie jetzt das OLG Hamm beschloss. Das bloße Auslachen stellt nach Meinung der Richter nämlich keine Beleidigung dar. Wörtlich heißt es: »Die Beleidigung setzt eine Missachtung in dem Sinne voraus, dass der Täter dem Opfer den sittlichen, personalen oder sozialen Wert abspricht. Nicht ausreichend sind hingegen einfache Unhöflichkeiten, Taktlosigkeiten sowie unpassende Scherze und Foppereien, wenn darin nicht ein das Opfer herabsetzendes Werturteil liegt. Daher kann das bloße Auslachen – sofern keine verbalen oder sonstige Entgleisungen hinzukommen – in aller Regel nicht als Beleidigung im strafrechtlichen Sinne gewertet werden. Dass der Angeklagte sich über das Gebiss des Opfers lautstark lustig machte, reicht für sich betrachtet somit noch nicht aus, um ihn wegen Beleidigung zu verurteilen.«

Fazit: Es darf nach Meinung der Richter also weiter kräftig ausgelacht werden. Nicht alles, was Schmerzen verursacht, muss auch strafbar sein.

Oberlandesgericht Hamm — Aktenzeichen: 2 Ss 220/09

Saufen auf Pump ist Vertrauenssache

Ein Bierdeckel ist kein Beweisstück

In meiner Lieblingskneipe in Köln gibt es das auch: Der ziemlich freundliche Wirt, nennen wir ihn Jörg, gestattet seinen Stammgästen, zur Not auch mal »einen Deckel zu machen«. Und zwar nicht den üblichen Deckel, den man dann am Ende des Abends bezahlt, sondern einen Deckel, den man auch bis zum nächsten Besuch der Gaststätte liegenlassen und dann bezahlen kann. Kann ja schon mal passieren, dass man das Geld vergisst oder gerade am Ende des Monats Ebbe im Portemonnaie herrscht. Wie gesagt, bei Stammgästen ist das für Jörg keine Sache, man kennt und vertraut sich.

Nach einem aktuellen Urteil des Amtsgerichts in München sollte sich Jörg diese durchaus gängige Praxis in Zukunft im Einzelfall noch mal gut überlegen. Ein Deckel hat nämlich, so das Amtsgericht, für sich betrachtet nur einen sehr geringen Beweiswert bezüglich der dort aufgelisteten Getränke und Speisen.

Im konkreten Fall klagte ein Wirt gegen eine ehemalige Stammkundin. Er behauptete, sie habe die von ihr konsumierten Getränke nicht vollständig bezahlt. Er habe ihre Getränkekosten mit ihrem Einverständnis stets auf einem Bierdeckel notiert. Inzwischen seien 136 Euro fällig. Die Frau hingegen meinte, diese 136 Euro seien frei erfunden und »nie im Leben angefallen«. Bierdeckel seien im Übrigen auch leicht zu verfälschen, schließlich befänden sich nur Striche und keine Geldbeträge darauf. Sie zahle daher allenfalls einen deutlich geringeren Betrag.

Überraschenderweise schlug sich das Gericht auf die Seite der Dame. Wörtlich heißt es: »Ein Bierdeckel mit einfachen Strichen darauf ist für sich betrachtet nicht aussagekräftig genug, um Forderungen in dieser Höhe zu rechtfertigen. Zwar handelt es sich bei einem Bierdeckel um eine Urkunde im Sinne des Strafrechts, dem durchaus Beweiswert zukommen kann. Gleichwohl bedarf es zur Begründung einer Forderung für über viele Tage aufgelaufene Beträge in aller Regel noch weiterer Nachweise.« Am Ende vernahm das Gericht deshalb dann noch mehrere Zeugen – und die Parteien einigten sich anschließend gütlich auf einen Mittelwert.

Fazit: »Deckel machen« ist und bleibt ein Entgegenkommen der Wirte. Für beide Seiten gilt demnach: Vertrauen ist gut – direkt abrechnen aber eindeutig klüger.

Amtsgericht München — Aktenzeichen: 251 C 28086/10

»Fick deinen Esel!«

Wenn übereifrigen Vätern die Nerven durchgehen

Wer kennt sie nicht: Die unzähligen Väter, die ihre Söhne erwartungsfroh zu den Jugendfußballspielen begleiten und hoffen, wie von den legendären *Bläck Fööss*, einer großartigen Kölner Karnevalsband, im wunderschönen »Fußball-Lied« besungen, *»dat minge Jung enz wie d'r Overath weed!«* (deutsche Übersetzung: »Dass mein Sohn mal so gut wie Wolfgang Overath wird.«).

Hier kommt nun für alle motivierten Väter ein hochinteressantes und aktuelles Urteil des Amtsgerichts aus Lingen (Niedersachsen), das sich mit der Frage beschäftigt, ob und wie übereifrige Väter von Jugendfußballern zu behandeln sind, wenn ihnen auf dem Sportplatz die Nerven durch gehen. Der Fall: Ein Vater beobachtete das Spiel der Mannschaft seines Sohnes und rief dabei mehrfach lauthals von außen ins Geschehen hinein. Als ihn daraufhin ein Spieler der gegnerischen Mannschaft bat, dies zu unterlassen, verlor der Vater die Contenance: Er schrie den Jungen mit den – eigentlich nicht druckreifen – Worten »Fick deinen Esel!« an. Da der Schiedsrichter dies hörte, notierte er den Vorfall im Spielbericht. Einige Wochen später verurteilte dann das

Sportgericht des Fußballverbandes den Verein, in dem der Sohn des Vaters spielte, wegen dieser Entgleisung zu einer Ordnungsstrafe von 400 Euro.

Da der Verein sich das unflätige Verhalten des Vaters nicht bieten lassen wollte, verklagte er ihn anschließend auf Erstattung dieses Betrages – und bekam Recht! Das AG Lingen fand zur Urteilsbegründung nun ziemlich druckreife Sätze. Wörtlich heißt es: »Ein Verein, der seinen Sportplatz für Fußballspiele zur Verfügung stellt, darf grundsätzlich davon ausgehen, dass die Besucher die allgemeingültigen gesellschaftlichen Umgangsformen beachten. Dies gilt umso mehr, wenn es sich um den Vater eines Fußball spielenden Kindes oder Jugendlichen handelt. Beleidigungen anderer Spieler durch anwesende Eltern muss der veranstaltende Verein nicht hinnehmen. Gerade auf Fußballplätzen, wo oftmals ein rauer Wind weht und ein aggressiver Ton herrscht, sollte ein Familienvater unflätige Bemerkungen tunlichst unterlassen. Insbesondere Väter von Spielern haben eine Vorbildfunktion und dürfen keinesfalls aggressive oder aufgeheizte Stimmung erzeugen. Verstoßen sie hiergegen und erhält der Verein aus diesem Grund anschließend eine Ordnungsstrafe, kann der Verein diese Strafe vom betreffenden Vater einfordern.«

Fazit: Auch wenn der eigene Filius überraschend doch nicht so gut wie Wolfgang Overath spielt, behält man als Vater lieber die Nerven. Wer weiß, wofür das gut ist.

Amtsgericht Lingen — Aktenzeichen: 4 C 1222/09

Norbert wird Papa

Wie Telefongesellschaften Familien verhindern

In diesem Fall geht es um die wahrlich tragische Geschichte einer jungen Frau. Die Dame hatte an einem lauschigen Sommerabend am Bonner Rheinufer »einmaligen sexuellen Kontakt« (Originalzitat aus dem späteren Gerichtsurteil) mit einem Herrn, der sich ihr als »Norbert« vorstellte, Nachnamen und Adresse aber lieber nicht nennen wollte. Immerhin hinterließ Norbert »danach« seine Handynummer und entschwand in der Dunkelheit. Es kam, wie es kommen musste: Die junge Frau wurde schwanger. Und wollte ihrem Norbert natürlich von seinem Glück berichten. Der gute Norbert fand das Ganze aber gar nicht lustig und legte mit dem Hinweis, ein Kind käme ihm aktuell eher ungelegen, auf. Weitere Kontaktaufnahmen per Handy misslangen.

Was tun? In ihrer Not verklagte die junge Frau die Telefongesellschaft auf Auskunftserteilung bezüglich des Namens und der Adresse von Norbert.

Vergebens! Das Landgericht in Bonn kannte keine Gnade und verweigerte die Familienzusammenführung. Grundsätzlich, so die Richter, kenne das deutsche Recht nämlich keinen allgemeinen Auskunftsanspruch. Die Tatsache, dass jemand (die Telefongesellschaft) über einen Sachverhalt informiert ist (die Adresse von Norbert!), der für einen anderen von Bedeutung sein könnte, begründe keinen solchen Auskunftsanspruch. Wörtlich heißt es im Urteil: »Die deutschen Gesetze kennen einen solchen Anspruch nur im sogenannten ›Unterlassungsklagegesetz‹, und zwar für den Fall, dass der Betroffene die Lieferung unbestellter Waren oder Dienstleistungen oder unverlangter zugesandter Werbung unterbinden möchte. Ein Auskunftsanspruch zur Durchsetzung einer beabsichtigten Vaterschaftsfeststellung ist unserer Rechtsordnung indessen fremd. Eine Ausnahme käme nur dann in Betracht, wenn die eigene Abstammung geklärt werden soll. Da das Kind am Rechtsstreit aber gar nicht beteiligt ist, sondern nur die Mutter ihre Rechte sichern möchte, war ihr der Auskunftsanspruch zu versagen.«

Fazit: Wer »einmaligen sexuellen Kontakt« bevorzugt, sollte sich hinterher auf jeden Fall Norberts Adresse geben lassen.

Landgericht Bonn — Aktenzeichen: 1 O 207/10

Absurdes aus Brandenburg

Warum ein 14-jähriges Mädchen für eine Lebensrettung zahlen muss

Minderjährige genießen in unserem Rechtssystem seit mehr als 100 Jahren einen besonderen Schutz. Das Bürgerliche Gesetzbuch (BGB), immerhin schon gültig seit dem 1. Januar 1900, wollte von Anfang an vermeiden, dass Kinder oder Jugendliche durch unbedachtes, kindliches Verhalten für den Rest ihres noch jungen Lebens »zahlen« müssen. So jedenfalls die Theorie.

Dass die praktische Umsetzung dieses Gedankens bisweilen gründlich danebengeht, dokumentiert ein unglaublicher Fall aus Brandenburg: Ein 14-jähriges Mädchen hatte mit mehreren Kindern, darunter ein asthmakranker Junge, in einer Scheune gespielt. Während des Spiels stürzte der Junge dann zwischen zwei Heuballen, ein weiterer Ballen fiel auf ihn. Da er sich nicht selbst befreien konnte, geriet er rasch in schwere Atemnot und schrie. Die Kinder, die von der Asthmakrankheit wussten, eilten herbei, konnten aber weder die Heuballen entfernen noch deren Schnüre lösen. In dieser Not schließlich nahm das Mädchen ein Feuerzeug, um die Schnüre zu durchtrennen und den Jungen zu befreien. Anschließend brannte die Scheune nieder, und der eingeklemmte Junge starb in den Flammen.

Als sei dieses Erlebnis für die überlebenden Kinder nicht dramatisch genug, verklagte die Scheunenbesitzerin einige Wochen später das Mädchen auf Schadensersatz wegen des verbrannten Heus. Ihre Haftpflichtversicherung hatte nämlich jegliche Zahlung verweigert und auf der Einstandspflicht des Mädchens bestanden.

Was bis dahin geradezu absurd klingt, wurde nun vom OLG Brandenburg allen Ernstes als rechtens bestätigt. Das Mädchen muss 12.000 Euro Schadensersatz zahlen. Begründung: Sie habe »leichtfertig« gehandelt. Wörtlich heißt es im Urteil: »Mit 14 Jahren hätte die Beklagte aufgrund ihres Entwicklungsstandes zwingend erkennen müssen, dass für den Jungen gar keine Lebensgefahr bestand. Es lag zudem auf der Hand, dass das Abbrennen der Schnüre an den Heuballen für eine beachtliche Brandgefahr sorgen konnte. Da das Mädchen gleichwohl die Schnüre mit dem Feuerzeug durchtrennte, hat sie den dadurch entstandenen Brandschaden alleine zu tragen. Bei derartiger Sachlage hätte sie Hilfe von Erwachsenen herbeiholen müssen.«

Die Mütter und Väter des BGB werden sich angesichts dieser Ungeheuerlichkeit garantiert im Grabe umdrehen.

Oberlandesgericht Brandenburg — Aktenzeichen: 12 U 123/09

One Night in Bangkok

Warum deutsche Behörden keine Sozialhilfe nach Thailand zahlen

Dass Deutschland ausweislich des Grundgesetzes ausdrücklich auch ein »Sozialstaat« ist, weiß vermutlich jeder. Ebenso bekannt ist aber die Tatsache, dass dieser Sozialstaat den Missbrauch bei der Gewährung diverser Sozialleistungen zuweilen nicht in den Griff bekommt. Umso erfreulicher klingt da die abstruse Geschichte eines seit 15 Jahren in Thailand lebenden Deutschen, die jetzt vor dem Landessozialgericht (LSZ) in Stuttgart zur Verhandlung stand:

Besagter Mann hatte in Deutschland Sozialhilfe beantragt, und zwar mit erstaunlicher Begründung: Seine zehnjährige Tochter lebe bei ihm in Thailand, spreche kein Wort Deutsch und werde im buddhistischen Glauben erzogen, weswegen er mit ihr unbedingt in Asien bleiben wolle. Und da die (thailändische) Kindesmutter sich nicht ausreichend kümmere, müssten jetzt eben die deutschen Behörden einspringen. Er sei nämlich außerstande, aus eigenen Mitteln für den Lebensunterhalt des Kindes zu sorgen, und habe bereits die Goldinlays seiner Zähne herausgebrochen, um an Geld zu kommen. Zur Glaubhaftmachung bekräftigte der

Mann seine Angaben vor Gericht anschließend mit einer eidesstattlichen Versicherung.

Die Richter mochten der sonderbaren Geschichte gleichwohl keinen Glauben schenken und bestätigten die Ablehnung des Anspruchs: Grundsätzlich, so das Gericht, könnten Deutsche mit gewöhnlichem Aufenthalt im Ausland nämlich gar keine Sozialhilfe einfordern. Eine Ausnahme gelte nur, wenn eine echte »Notlage« nachgewiesen und zudem eine Rückkehr nach Deutschland zur Behebung dieser Notlage unmöglich sei. Dies aber sei hier höchst fraglich. Wörtlich heißt es: »Der Antragsteller hat nicht nachgewiesen, dass eine solche Notlage besteht. Die Ausführungen im Hinblick auf seine persönlichen (Vermögens-)Verhältnisse sind nicht glaubhaft. Entsprechendes gilt für das behauptete Verhalten der Kindesmutter gegenüber der Tochter. Auch diesbezüglich fehlt jeder Nachweis, außer der schlichten Behauptung des Klägers, die durch seine eigene eidesstattliche Versicherung zudem nicht glaubhafter wird. Das Gericht verkennt dabei übrigens nicht, dass die Anforderungen an die Glaubhaftmachung keinesfalls überspannt werden dürfen. Die bisherige Schilderung der Umstände hinterlässt jedoch zu viele Zweifel. Der Antrag auf Gewährung von Sozialhilfe in Thailand musste daher abgewiesen werden.«

Landessozialgericht Stuttgart — Aktenzeichen: L 2 SO 2138/11

Irren ist anwaltlich

Warum Rechtsanwälte für Fehleinschätzungen nicht haften

Diese erstaunliche Geschichte ist rasch erzählt: Ein Mann aus Eschweiler verliert einen Prozess vor dem Amtsgericht und wird zur Zahlung von 2.500 Euro an einen Handwerker verurteilt. Da er sich gleichwohl im Recht fühlt, beauftragt er einen Anwalt damit, gegen dieses Urteil Berufung einzulegen. Der Anwalt indes rät ihm nach Prüfung der Rechtslage von der Berufung mangels Erfolgsaussichten ab und beendet damit seine Tätigkeit. Es kommt anschließend trotzdem zum Berufungsverfahren, da der Mann einen zweiten Anwalt beauftragt, der – anders als sein Kollege – die Berufung für aussichtsreich hält. Und dann wird es interessant: Das Landgericht hebt die Entscheidung des Amtsgerichts auf und gibt dem Mann am Ende dann doch Recht. Er muss also nicht zahlen. Jedenfalls nicht an den Handwerker.

Geld will aber jetzt der erste Anwalt, der zwar die Berufung mangels Erfolgsaussichten gar nicht einlegen wollte, gleichwohl seine Anwaltsgebühren einfordert. Das Problem: Kann er die Gebühren beanspruchen, obwohl seine rechtliche Einschätzung am Ende »falsch« war?

Das Landgericht in Aachen bejahte diese Frage und stellte dabei einige grundsätzliche Dinge zur Anwaltshaftung klar. Wörtlich heißt es im Urteil: »Eine schuldhafte Verletzung seiner Pflichten ist dem Anwalt hier nicht vorzuwerfen. Das Gericht hegt zwar durchaus Verständnis für die Ansicht des Beklagten, dass er sich von dem Anwalt schlecht beraten fühlte, weil die Berufung letztlich doch Erfolg hatte. Darauf aber kommt es nicht an. Die rechtliche Bewertung eines Sachverhaltes kennt nämlich – anders als die Mathematik – kein ›richtiges‹ oder ›falsches‹ Ergebnis. Da verschiedene Juristen beim gleichen Sachverhalt durchaus zu verschiedenen Wertungen gelangen können, schuldet der Anwalt lediglich eine gewissenhafte Beratung. Seine Tätigkeit wird somit nicht bereits dadurch nachträglich fehlerhaft, wenn ein Gericht am Ende zu einer anderen Einschätzung gelangt.«

Fazit: Rechtsanwälte schulden eine fundierte und gewissenhafte Beratung. Im Übrigen aber weder eine »richtige« Bewertung der Sachlage, geschweige denn einen Sieg vor Gericht.

Landgericht Aachen — Aktenzeichen: 7 S 56/10

Auch kleine Sünden bestraft das Finanzamt

Falsche Kilometerangabe kann sehr teuer werden

Dass man das Finanzamt nicht anflunkern darf, weiß eigentlich jeder – auch wenn Ehrlichkeit in diesem Fall zugegebenermaßen manchmal weh tut. Welche Konsequenzen auch eine nur »kleine« Schwindelei haben kann, bekam kürzlich eine Frau aus der Nähe von Mainz zu spüren: Sie hatte über viele Jahre die Entfernung zwischen ihrem Wohnort und der Arbeitsstätte vier Kilometer zu lang angegeben und entsprechende Steuervergünstigungen erhalten. Als eines Tages der Finanzbeamte wechselte und der Neue sich aus Versehen mit den Örtlichkeiten auskannte, flog der Schwindel auf.

Das Finanzgericht Rheinland-Pfalz bestätigte jetzt die rückwirkende Änderung der Steuerbescheide für stolze acht Jahre! Begründung: Zum einen liege insoweit eine Steuerhinterziehung vor mit der Konsequenz, dass sich die sonst hier übliche Festsetzungsfrist von vier auf zehn Jahre verlängere. Im Übrigen könne die Frau sich auch nicht darauf berufen, dass das Finanzamt die Angaben hätte überprüfen müssen. Wörtlich: »Die Klägerin hat vielmehr ihre Mitwirkungspflichten erheblich verletzt. Sie war verpflichtet, wahrheitsgemäße Angaben zu machen. Gleichwohl hat sie hinsichtlich der Entfernung Wohnung/Arbeitsstätte fehlerhafte Kilometerangaben gemacht. Soweit sie in diesem Zusammenhang behauptet, sie habe irrtümlich angenommen, die Entfernungskilometer entsprächen den tatsächlich gefahrenen Kilometern, vermag diese Einlassung die falschen Angaben nicht zu erklären. Denn ausgehend von der tatsächlichen Entfernung zwischen den beiden Orten von lediglich 10 km, ergeben sich tatsächlich gefahrene Kilometer von maximal 20 km, keinesfalls aber von 28 km, wie von der Klägerin in den Steuererklärungen eingetragen. Hier kann dem Finanzamt dann nicht vorgehalten werden, eine Überprüfungspflicht verletzt zu haben. Es ist zu bedenken, dass es sich bei der Veranlagung der Kilometerpauschalen um ein Massengeschäft handelt, das von wechselnden Bearbeitern des Finanzamtes erledigt wird. Diese verfügen nicht immer über hinreichende Ortskenntnisse, um etwaige Unstimmigkeiten einzelner Angaben in einer Steuererklärung auf Anhieb erkennen zu können. Zudem bestand kein Anlass, der Klägerin zu misstrauen. Die jetzige Neufestsetzung hat die Klägerin damit selbst zu vertreten.«

Wie gesagt, auch ein kleiner »Schwindel« gegenüber dem Finanzamt kann unter Umständen ziemlich teuer werden.

Finanzgericht Rheinland-Pfalz — Aktenzeichen: 3 K 2635/08

Der Schulhof ist überall!

Wenn das Internet zur Falle wird

Dass Lehrerbewertungen durch Schüler auf Internetportalen grundsätzlich zulässig sind, haben die deutschen Gerichte inzwischen längst verbindlich festgestellt. Eine völlig neue Konstellation der schulischen »Bewertung« lag kürzlich dem Verwaltungsgerichtshof (VGH) in Baden-Württemberg zur Entscheidung vor: Eine Schülerin hatte in einem Internetforum eine Klassenkameradin – unter geringer Abänderung des Namens – übel beleidigt und sie unter anderem als »total asozial und hässlich« und als »Punkbitch« bezeichnet. Als die Schulleitung dies erfuhr, sprach sie gegenüber der Schülerin umgehend einen eintägigen Schulverweis aus. Begründung: Auch Beleidigungen, die quasi »außerhalb« der Schule unter Mitschülern getätigt würden, rechtfertigten konkrete schulische Maßnahmen, da ein solches Verhalten störend auf den Schulbetrieb ausstrahlen könne.

Der VGH schloss sich dieser Meinung grundsätzlich an. Pädagogische Maßnahmen der Schulleitung, so das Gericht, beschränkten sich keinesfalls auf Vorfälle, die sich innerhalb des Schulgebäudes ereignen. Auch dann, wenn außerschulische Handlungen störend auf den Schul- und Klassenfrieden wirkten, sei die Schule berechtigt, erzieherisch einzugreifen. Wörtlich: »Die rechtlichen Möglichkeiten der Schulleitung sind nicht auf das Schulgebäude und den Schulhof begrenzt. Ein schulischer Bezug im Sinne des Gesetzes liegt vielmehr auch dann vor, wenn das außerschulische Fehlverhalten einzelner Schüler die Rechte anderer Schüler massiv beeinträchtigt und in den Schulalltag hineinwirkt. Davon war hier auszugehen, da auch die anderen Schüler von den Beleidigungen Kenntnis nehmen konnten.«

Doch den Schulverweis als härteste mögliche Maßnahme wollte das Gericht nicht absegnen. Ein solcher Verweis sei nämlich nur zulässig, wenn die Aufgaben der Schule und die Rechte der Mitschülerin in »schwerwiegendster Weise« beeinträchtigt würden. Von einer solchen Beeinträchtigung aber könne hier (noch) nicht ausgegangen werden. Nochmal wörtlich: »Die vorliegende Konstellation weist die Besonderheit auf, dass die beleidigte Mitschülerin durch eine geschickte Namensänderung tatsächlich nur den anderen Mitschülern der Klasse erkennbar war. Eine weitere Verbreitung der Beleidigungen im Internet war folglich nicht zu erwarten, da außenstehende Personen das Beleidigungsopfer nicht identifizieren konnten. Es handelt sich damit eher um eine Beleidigung unter ›Bekannten‹. Hierfür aber stellt der Schulverweis nicht die geeignete Reaktion dar, die Schulleitung muss zunächst mit milderen Mitteln gegen die Schülerin vorgehen.«

VGH Baden-Württemberg — Aktenzeichen: 9 S 1056/11

Katzenklo in Nachbars Wohnung

Wenn Tiere Hausfriedensbruch begehen

Gerade wenn es draußen schmuddelig und nass ist, braucht das eigentlich niemand: fremde Tiere im Garten, auf dem Balkon oder gar in der Wohnung. Das Landgericht in Bonn hat jetzt ein für Katzenliebhaber interessantes Urteil zu der Frage gefällt, was die Pelztiger in Nachbars Garten oder Wohnung tun dürfen und was nicht.

Im konkreten Fall waren zwei Hauskatzen über die Dachterrasse der »eigenen« Wohnung zunächst auf den Nachbarbalkon und anschließend sogar in eine fremde Wohnung spaziert und hatten dort Kot und Erbrochenes hinterlassen. Das LG Bonn nutzte die Klage der geschädigten Mieter und stellte einige grundsätzliche Regeln zum Halten von Katzen auf: Zunächst, so das Gericht, sei es selbstverständlich unzumutbar, dass die Katzen ihre Notdurft oder Erbrochenes auf fremden Grundstücken, also vor allem auf dem Balkon und natürlich in der fremden Wohnung, ließen. Dies unterliege nicht der nachbarschaftlichen Duldungspflicht und sei gesetzlich verboten.

Ansonsten aber müsse man differenzieren: Es könne vom Katzenhalter insbesondere nicht verlangt werden, dass

Katzen die eigene Wohnung gar nicht verlassen. Wörtlich: »Katzen sind nämlich von Natur aus Jagdtiere und lassen sich nicht von willkürlich gezogenen Wohnungsgrenzen beschränken. Eine Haltung nur in der Wohnung kann daher nicht erwartet werden. Als Nachbar muss man Katzen, und zwar maximal zwei Tiere, auf dem eigenen Balkon oder im Garten vorübergehend dulden, zumal sie sich von dort problemlos verscheuchen lassen. Es handelt sich hierbei um eine nur ›geringfügige Beeinträchtigung‹ der eigenen Privatsphäre, die man zu dulden verpflichtet ist. Das Betreten der Räumlichkeiten hingegen muss man unter keinen Umständen dulden. Katzen dürfen nicht in fremde Wohnungen gelangen.« Da den geschädigten Mietern diese Aussage aber nicht reichte und sie härtere Maßnahmen forderten, legte das offenbar katzenfreundliche Gericht noch Folgendes fest: »Katzenhalter sind indes keinesfalls gezwungen, die Tiere im Außenbereich zusätzlich noch an einer Leine zu führen. Dies stellt keine tiergerechte Haltung dar und kann gerichtlich nicht eingefordert werden.«

Fazit: Katzen dürfen zwar durchaus auf fremde Grundstücke oder Balkone, müssen sich dort aber anständig benehmen. Das Hinterlassen von Kot oder Erbrochenem muss man als Betroffener nämlich auch im Außenbereich nicht dulden. Und: In fremden Wohnungen haben Katzen, so niedlich sie auch sein mögen, grundsätzlich nichts verloren. Das wäre dann sozusagen »Katzenhausfriedensbruch«.

Landgericht Bonn — Aktenzeichen: 11 C 553/08

»Heiliger Krieg, räum' endlich dein Zimmer auf!«

Warum man seinen Sohn »Djehad« nennen darf

Der Kampf gegen den Terror ist inzwischen auch auf dem Standesamt angekommen, genauer in Berlin-Charlottenburg. Dort erschien kürzlich ein in Deutschland lebendes Paar muslimischen Glaubens mit folgender Bitte: Ihr neugeborener Sohn solle den Namen »Djehad« tragen, und dies möge nun auch beurkundet und damit offiziell gemacht werden. Der zuständige Standesbeamte weigerte sich und erklärte, er sei keinesfalls bereit, den Namen »Djehad«, der übersetzt »heiliger Krieg« bedeute, als Geburtsnamen eines Jungen zu beurkunden. Bei dieser negativen Besetzung und im Hinblick auf die Anschläge vom 11. September sowie dem weltweiten Kampf gegen den Terror komme eine solche Namensgebung in Deutschland nicht in Frage.

Irrtum! Das Paar zog gegen die Ablehnung vor Gericht und bekam in letzter Instanz Recht. Das Kammergericht (KG) in Berlin fand erstaunliche Argumente: Ausschlaggebend für die Namenswahl dürfe allein das Kindeswohl sein. Die Motive der Eltern hingegen müssten grundsätzlich unberücksichtigt bleiben. Wörtlich: »Auch wenn die Namensgebung Ausdruck elterlicher Weltanschauung sein sollte und von ihnen zu religiöser und politischer Überzeugungskundgabe missbraucht wird, spielt dies für das Kindeswohl zunächst keine Rolle. Die Zulassung oder Nichtzulassung ausländischer Vornamen darf insbesondere kein Mittel nationaler Kulturpolitik sein.«

Und da dem Gericht offenbar nach weiterer umfangreicher Klarstellung zumute war, ergänzte es wie folgt: »Das Recht der Eltern, ihrem Kind einen Namen zu geben, findet nur dort seine Grenze, wo der Name das Kindeswohl ernsthaft zu beeinträchtigen droht. Hierbei verkennt das Gericht nicht, dass der Begriff ›Dschihad‹ von radikalen Islamisten im Sinne eines bewaffneten Kampfes gegen ›Ungläubige‹ auch mit den Mitteln des Terrors verwendet wird. Dies ist freilich nur eine von vielen Deutungen des Wortes. Muslimische Rechtsgelehrte verstehen unter ›Dschihad‹ vor allem auch die ›Anstrengung und das Abmühen zur Verbreitung des Glaubens‹. Dies soll zwar sowohl mit ›dem Herzen, der Zunge und dem Schwert‹ erfolgen, Krieg im eigentlichen Sinne aber darf immer nur gegen Angreifer, also zur Verteidigung und zum Schutz geführt werden. Lediglich in den letzten Jahren sind Kämpfe radikaler Islamisten zum ›Dschihad‹ hochstilisiert worden. Es handelt sich somit bei ›Djehad‹ nur um eine gebräuchliche Bezeichnung für eine religiöse Pflicht der Gläubigen. Aus diesem Grund spricht nichts dagegen, diesen Namen auch als Vornamen für ein Kind zuzulassen.« Und zu einer möglichen zukünftigen Ausgrenzung oder Benachteiligung des Kindes in der Schule bemerkte das Gericht abschließend Folgendes: »Hier wird es dann Aufgabe der Pädagogen sein, in der Schule einer Brandmarkung durch die einseitig verkürzte Deutung des Namens Djehad entgegenzuwirken.«

Viel Spaß dabei.

Kammergericht — Aktenzeichen: 1 W 93/07

Karneval an Bord

Wer sich im Flugzeug nicht benimmt, fliegt nicht mit – sondern raus!

Wer im Wonnemonat Mai schon mal nach Mallorca geflogen ist und ein bisschen »Glück« hatte, hat das Spektakel möglicherweise schon mal miterlebt: Johlende und gerne auch reichlich angeheiterte Fußballmannschaften aus diversen Kreisklassen unseres Landes bevölkern die Maschinen und bringen die Crew durchaus schon mal an den Rand der Verzweiflung.

Das Oberlandesgericht (OLG) in Frankfurt hatte jetzt darüber zu entscheiden, was Passagieren droht, die sich in solchen Fällen den Anordnungen der Crew widersetzen und das Hinsetzen und Anschnallen boykottieren. Im konkreten Fall weigerten sich gleich mehrere Fluggäste einer vollbesetzten Boing 676, zum Start ihre Plätze einzunehmen und die Sicherheitsgurte anzulegen. Als auch ein freundlicher, aber eindringlicher Hinweis des Kapitäns keinerlei Wirkung zeigte, verwies der Flugkapitän die Personen der Maschine und startete ohne sie. Die Betroffenen verlangten anschließend Erstattung des Flugpreises und Schadensersatz für die entgangene Urlaubsfreude.

Zu Unrecht, wie jetzt das OLG Frankfurt rechtskräftig feststellte und die Gelegenheit nutzte, um einige grundsätzliche Regeln für das Verhalten in Flugzeugen zu klären. Wörtlich heißt es in der Entscheidung: »Eine vertragsgerechte Beförderung ist überhaupt nur möglich, wenn die Fluggäste sich an die allgemein bekannten, flugtechnischen Sicherheitsbestimmungen halten und sich insbesondere auf den ihnen zugewiesenen Platz setzen und anschnallen. Dem Flugkapitän obliegt insoweit die luftpolizeiliche Hoheitsgewalt in der Maschine. Er durfte die betreffenden Personen daher zunächst auffordern, sich entweder zu setzen und anzuschnallen oder aber auszusteigen. Nachdem die Passagiere gleichwohl nicht ausstiegen, sich aber auch der Aufforderung nicht beugten, sich zu setzen und anzuschnallen, durfte der Flugkapitän die Personen von Bord weisen und den Flug mit der Boing 676 ohne sie durchführen.«

Fazit: Wer sich im Flugzeug danebenbenimmt und den Aufforderungen der Crew nicht Folge leistet, kann der Maschine verwiesen werden. Ansprüche auf Rückerstattung des Flugpreises oder gar auf Schadensersatz bestehen in diesem Falle nicht. Und das gilt übrigens in jedem Monat des Jahres – nicht nur im Mai.

Oberlandesgericht Frankfurt — Aktenzeichen: 13 U 231/09

Nutzungsausfall für den Drahtesel

Was ist eigentlich ein Fahrrad wert?

Dass man nach einem (unverschuldeten) Verkehrsunfall für sein beschädigtes und vorübergehend nicht nutzbares Auto einen sogenannten »Nutzungsausfallschaden« als Bestandteil des Schadensersatzes fordern kann, gehört seit über 50 Jahren zur gesicherten Rechtsprechung in Deutschland – und wird auch von niemandem mehr ernstlich bestritten.

Erstmals in der deutschen Rechtsgeschichte hatte nun kürzlich das Landgericht in Lübeck über die hochinteressante Frage zu entscheiden, ob diese Regel eigentlich auch für Fahrräder gilt. Im konkreten Fall erlitt ein älterer Herr aus Ratzeburg einen Unfall, bei dem sein geliebtes Rad zu Bruch ging und erst nach 35 Tagen wieder fahrbereit repariert war. Der Mann forderte anschließend vom Unfallverursacher Schadensersatz für diese Ausfallzeit, zumal er mit seinem Drahtesel bis zum Tage des Unfalls täglich zur Arbeit und wieder nach Hause gefahren war.

Das LG Lübeck gab dem Mann nun – zur Überraschung aller Beteiligten – Recht! Der Verlust der Nutzungsmöglichkeit des Rades, so die Richter, stelle nämlich ebenso wie beim Auto einen ersatzfähigen Vermögensschaden dar und gehöre folglich mit zum Schadensersatz. Trotz immer noch stetig fortschreitender Mobilität durch Motorkraft sei nicht einzusehen, warum Radfahrer schlechter oder anders behandelt werden sollten als Auto- oder Motorradfahrer. Wer auf die Nutzung seines Fahrrades verzichten müsse, könne daher vom Unfallverursacher eine entsprechende Entschädigung in Geld verlangen.

Da für solche Fälle bislang aber noch keine festen Regeln beziehungsweise Erstattungssätze aus vorherigen Gerichtsurteilen existierten, musste das LG Lübeck selbst kreativ werden. Und das taten die Richter dann auch: Sie ließen einen Sachverständigen die Fahrradverleih-Stationen im Kreise Lübeck vergleichen, zogen vom Durchschnittspreis für eine 35-tägige Ausleihe (10 Euro/Tag) den Gewinn der Verleiher ab und kamen am Ende auf einen Betrag von etwas weniger als sechs Euro pro Tag. Nicht die Welt, aber immerhin.

Fazit: Unser Herr aus Ratzeburg erhält neben den Reparaturkosten zusätzlich noch knapp 200 Euro Nutzungsausfallschaden für die 35 Tage, an denen er sein Rad nicht nutzen konnte.

Landgericht Lübeck — Aktenzeichen: 1 S 16/11

Bitte nicht stören – ich sterbe gerade!

Was das Schild »Do not disturb« bedeutet

Haben Sie eigentlich schon mal darüber nachgedacht, was das Schild *»Do not disturb!«* (Bitte nicht stören!), das man im Hotel außen an die Tür hängt, wenn man tatsächlich nicht gestört werden will, wirklich bedeutet, also jetzt rechtlich gesehen?

Diese interessante Frage habe ich mir übrigens keinesfalls selbst ausgedacht. Das Oberlandesgericht (OLG) Frankfurt musste sie anlässlich der folgenden, hochdramatischen Geschichte kürzlich klären: Eine verheiratete Frau aus Offenbach hatte bei einem deutschen Veranstalter eine Reise nach Sharm El Sheikh in Ägypten gebucht, und zwar für sich alleine. Als ihr Ehemann nach einigen Tagen vergeblich versuchte, Kontakt mit ihr aufzunehmen, rief er schließlich bei der Hotelleitung an und bat, das Zimmer der Frau zu öffnen und nach ihr zu sehen. Die Hotelleitung weigerte sich und erklärte, an der Tür hänge das Schild »Do not disturb!«. Dies wolle man respektieren. Da der Ehemann nicht nachgab, erreichte er immerhin, dass ein Zettel unter der Tür durchgeschoben wurde, auf dem stand, dass er dringend einen Rückruf erbete. Erst am Abend des nächsten Tages – das Schild hing immer noch an der Tür – öffnete die Hotelleitung das Zimmer. Dort fand man die Frau ohnmächtig auf dem Bett, sie hatte aufgrund eines akuten Nierenversagens eine Harnvergiftung erlitten und das Bewusstsein verloren.

Da sie wegen der späten Entdeckung bleibende Schäden davontrug, verklagte sie anschließend den Veranstalter auf Schadensersatz: Man hätte, so die Frau, trotz des Schildes das Zimmer nach den Anrufen ihres Mannes sofort öffnen müssen.

Irrtum! Das OLG Frankfurt stellte fest, dass den Hotelbediensteten kein Fehlverhalten vorzuwerfen sei. Wörtlich heißt es: »Aufgrund des Schildes ›Do not disturb!‹ wäre das Öffnen der Tür ohne Einwilligung des Hotelgastes ein schwerer Eingriff in dessen Privatsphäre gewesen, dem sich die Hotelmitarbeiter zu Recht nicht aussetzen wollten. Daran ändern auch die Anrufe des Ehemanns nichts. Denn es kommt durchaus vor, dass sich Reisende – etwa mit Urlaubsbekanntschaften – auf das Zimmer begeben und dort nicht gestört werden wollen. Das Hotelpersonal ist nicht verpflichtet, die Gäste auf solche Vorkommnisse hin zu kontrollieren. Dass die Frau im konkreten Fall ohnmächtig auf dem Bett lag, konnten die Mitarbeiter nicht wissen, dies fällt vielmehr unter das allgemeine Lebensrisiko.«

Fazit: Wer »Bitte nicht stören!« an seine Tür hängt, muss damit rechnen, tatsächlich nicht gestört zu werden. Und zwar mit allen Konsequenzen.

Oberlandesgericht Frankfurt — Aktenzeichen: 16 U 23/09

Ein autistisches Kind ist kein »Sachmangel«

Erfreuliches aus Münster

Wenn die Behinderung eines Menschen zum Gegenstand eines Rechtsstreits wird, ist das für alle Beteiligten zumeist eine ziemlich heikle Sache. Denn trotz vielfältiger gesellschaftlicher Bemühungen um Gleichbehandlung, bereitet die rechtliche Bewertung einer körperlichen oder geistigen Behinderung den Gerichten nach wie vor Schwierigkeiten.

Umso erfreulicher kommt ein echtes Glanzstück des Landgerichts (LG) in Münster daher, dem kürzlich folgender Fall zur Entscheidung vorlag: Ein Mann hatte im Dezember eine Eigentumswohnung erworben. Als einige Monate später der Frühling kam, bemerkte der Mann, dass im angrenzenden Garten ein an Autismus erkrankter neunjähriger Junge spielte und dabei gelegentlich Geräusche von sich gab, die einem »Schreien oder Kreischen ähnelten« (Originalzitat aus dem Urteil). Der Wohnungseigentümer hielt dies für unzumutbar und machte daher gegen den Verkäufer seiner Wohnung Schadensersatzansprüche geltend. Begründung: Seine Wohnung leide wegen des im Nachbargarten spielenden Kindes an einem »Sachmangel«, vor dem der Verkäufer ihn hätte warnen müssen.

Was dem LG Münster zu dieser Ungeheuerlichkeit einfiel, taugt als Leitfaden für einen sozial verantwortungsvollen Umgang mit behinderten Menschen. Wörtlich heißt es im Urteil: »Dem Kläger steht selbstverständlich kein Anspruch zu. Ein verständiger Mensch weiß nämlich, dass einem behinderten Kind besonderer Schutz zukommt, der im Übrigen auch verfassungsrechtlich garantiert ist. Gerade im nachbarschaftlichen Zusammenleben ist zudem ein erhöhtes Maß an Toleranzbereitschaft erforderlich, um dem Behinderten ein Leben weitestgehend frei von vermeidbaren Beschränkungen zu ermöglichen. Die gelegentlichen Laute des behinderten Jungen sind daher keinesfalls als ›besondere Lästigkeit‹, die einen Schadensersatzanspruch begründen könnte, zu bewerten. Der Verkäufer war aus diesem Grund auch nicht verpflichtet, den Kläger auf das autistische Kind in der Nachbarschaft hinzuweisen. Hiergegen sprechen bereits für jedermann erkennbare ethische Gründe.«

Und als Moral gab das Gericht dem Kläger noch Folgendes mit auf den Weg: »Würde man dies anders beurteilen, läge darin eine vom Grundgesetz ausdrücklich verbotene Benachteiligung eines Menschen, dem unsere Gesellschaft besonderen Schutz schuldet.«

Danke, mehr geht nicht.

Landgericht Münster — Aktenzeichen: 8 O 378/08

Wolldecken und Karokaffee

Warum man in seiner Wohnung nicht heizen muss

Ich erinnere mich daran, als wäre es letzte Woche gewesen. Vor ziemlich genau 30 Jahren lud unser damaliger Fußballtrainer Frank die gesamte B-Jugend (14–16 Jahre) zum Frühstück in seine (Studenten-)Wohnung ein. Es war kurz vor Weihnachten, und wir staunten nicht schlecht, als Frank die Tür öffnete, jedem von uns eine Wolldecke in die Hand drückte und meinte: »*Ich hab keine Kohle für die Heizung!*« Und so saßen wir jungen Kerle in einer kleinen Bude in Köln-Ehrenfeld, jeder in eine Decke eingehüllt und tranken Karokaffee. Unvergesslich.

Warum ich das erzähle? Das Amtsgericht (AG) in Saarbrücken hat jetzt eine Entscheidung zu der Frage veröffentlicht, ob man eigentlich rechtlich verpflichtet ist, in seiner Mietwohnung zu heizen. Im konkreten Fall hatte ein Vermieter anhand des Gaszählers bemerkt, dass einer seiner Mieter die Wohnung offenbar nicht oder nur sehr gering beheizte. Es kam zum Streit, da der Vermieter fürchtete, dadurch könnten Schäden am Mauerwerk entstehen. Das AG Saarbrücken gab dem Mieter letztlich Recht und stellte einige interessante Regeln auf: Grundsätzlich, so das Gericht,

»ist es jedem Mieter unbenommen, seine Wohnung nach individuellen Bedürfnissen zu beheizen«. Eine vertragliche Pflichtverletzung, die unter Umständen einen Kündigungsgrund darstellt, liege nur dann vor, wenn durch geringes Heizverhalten Schäden an der Wohnung entstehen. Hierfür allerdings sei immer der Vermieter beweispflichtig. Er müsse konkret aufzeigen, welche Schäden durch welche Heizfehler entstanden seien. Wer also etwa Schimmelbeläge oder Staubablagerungen in der Wohnung findet, muss als Vermieter nachweisen, dass diese ursächlich auf der mangelnden Heizung beruhen – notfalls mit Hilfe eines Sachverständigen.

Fazit: Heizen muss grundsätzlich niemand. Jedenfalls solange keine Schäden an der Wohnung entstehen. An Schimmelbeläge oder Staubablagerungen in Franks Wohnung erinnere ich mich übrigens nicht mehr. Nur an den Karokaffee, und der war heiß.

Amtsgericht Saarbrücken — Aktenzeichen: 4 C 487/08

Die Grenzen der Sozialisierung

Warum ein Mörder kein Busfahrer werden darf

Ein gut funktionierendes Gesellschafts- und Rechtssystem zeichnet sich unter anderem dadurch aus, dass es Straftätern die weitestgehende Resozialisierung ermöglicht. An welche Grenzen ein solches Vorhaben stoßen kann, aber auch muss, bekam kürzlich ein Mann aus der Nähe von Gießen (Hessen) zu spüren. Der hatte sich bei der zuständigen Behörde für den Erwerb des Busführerscheins angemeldet, da er sich nach seiner Haftentlassung eine neue berufliche Existenz als Fahrer aufbauen wollte. Sein Problem: Er war neben mehreren Vermögensdelikten zuletzt auch wegen Mordes und Raubes zu einer lebenslangen Freiheitsstrafe verurteilt, nach 13 Jahren Haft aber wegen guter Führung auf Bewährung entlassen worden.

Was tun? Die Behörde beauftragte zunächst den TÜV mit der Erstellung eines medizinisch-psychologischen Gutachtens, das dem Mann dann tatsächlich bescheinigte, über keinerlei aggressive Tendenzen mehr zu verfügen. Gegen eine Beschäftigung als Busfahrer bestünden nach Meinung des TÜV aktuell keine Bedenken.

Der zuständige Landrat in Gießen setzte sich über dieses Gutachten allerdings hinweg, verweigerte die Zulassung zur Busfahrerprüfung und bekam schließlich vom Verwaltungsgericht (VG) Recht. Die Richter in Gießen konnten sich – ebenso wie der Landrat – einen verurteilten Mörder als öffentlichen Busfahrer nicht vorstellen. Wörtlich heißt es in der Entscheidung: »Die besondere Verantwortung bei der Beförderung von Fahrgästen erfordert es, dass der Fahrer jederzeit die Gewähr dafür bietet, den ihm anvertrauten Personen korrekt und zuverlässig gegenüberzutreten. Besonders hilfsbedürftigen Personen, wie etwa Alten, Kranken und Kindern, muss er notfalls auch Schutz – etwa vor Gewalttaten oder bei sonstigen Gefahren – bieten. Angesichts der Vorstrafen des Klägers kann von einer solchen Eignung aber nicht ausgegangen werden.«

Wie gesagt: auch die Resozialisierung hat ihre Grenzen.

Verwaltungsgericht Gießen — Aktenzeichen: 6 K 4151/09

Du kommst hier doch rein!

Wie sich Schwarze gegen Diskothekenverbote wehren können

Es muss nicht immer gleich der Bundesgerichtshof in Karlsruhe sein – manchmal sprechen auch kleine Gerichte große Dinge mit beachtlicher Strahlkraft aus. Das Amtsgericht (AG) in Bremen hatte kürzlich über die Schadensersatzklage eines Schwarzen zu urteilen, der von den Türstehern einer örtlichen Diskothek abgewiesen worden war. Angeblich, weil seine Kleidung »nicht zum Abend passe« und er »angetrunken wirke«.

Der keinesfalls angetrunkene und sehr schick gekleidete Mann wollte sich dies nicht bieten lassen, erinnerte sich an das in Deutschland seit dem Jahre 2006 geltende »Allgemeine Gleichbehandlungsgesetz« (AGG), das nach dem Willen seiner Erfinder jede Form der Diskriminierung verhindern beziehungsweise sanktionieren soll, und verklagte den Diskothekenbesitzer wegen dieses Vorfalls auf Schadensersatz.

Und zwar mit Erfolg! Das Gericht fackelte nicht lange, enttarnte die Erklärungen des Diskothekenbesitzers, der Mann sei nicht angemessen gekleidet und zudem betrunken gewesen, als glatte Lügen und sprach dem Schwarzen

300 Euro Schadensersatz zu. Wörtlich heißt es im Urteil: »Nach dem Ergebnis der Beweisaufnahme ist davon auszugehen, dass der Kläger allein wegen seiner Hautfarbe nicht in die von dem Beklagten betriebene Diskothek eingelassen worden ist. Diese Zurückweisung des Klägers stellt einen klaren Verstoß gegen das in Deutschland geltende Diskriminierungsverbot dar und war daher unzulässig. Das Allgemeine Gleichbehandlungsgesetz ist gerade für solche Fälle gedacht und kann im vorliegenden Fall jedenfalls einen kleinen Teil der vom Kläger durch die Abweisung erlittenen Diskriminierung abfedern. Hierfür und zur Verhinderung weiterer Vorfälle dieser Art war dem Kläger eine Entschädigung in Höhe von 300 Euro zuzusprechen.«

Wie gesagt, manchmal sprechen auch kleine Gerichte große Dinge aus.

Amtsgericht Bremen — Aktenzeichen: 25 C 278/10

Keine Rücksicht auf Hilfebedürftige

Warum Rentner sich im Bus lieber festhalten sollten

Wenn es regnet und draußen entsprechend nass wird, ist besondere Vorsicht offenbar nicht nur auf der Straße selbst geboten. Das Oberlandesgericht Bremen weist in einem aktuellen Urteil vielmehr darauf hin, dass man auch als Fahrgast in Bussen und Bahnen gesteigerte Vorsichtsmaßnahmen treffen sollte.

Im konkreten Fall stürzte eine ältere Dame beim Anfahren des öffentlichen Linienbusses so schwer, dass sie mit mehreren Knochenbrüchen ins Krankenhaus musste. Später dann nahm sie beziehungsweise ihre Versicherung die Verkehrsbetriebe auf Schadensersatz und Schmerzensgeld in Anspruch: Der Boden des Busses war nämlich unbestritten nass und sehr rutschig – und der Busfahrer hatte zudem schon kurz nach dem Schließen der Tür, als die Frau sich noch nicht hingesetzt hatte, die Fahrt fortgesetzt. Hieraus, so die Frau, ergebe sich eine Haftung der Verkehrsbetriebe.

Das OLG Bremen mochte sich dem nicht anschließen und wies die Klage der Dame jetzt in letzter Instanz ab – mit bemerkenswerter Begründung: Fahrgäste, so die Richter in der Hansestadt, hätten grundsätzlich selbst für ihre Sicherheit in öffentlichen Verkehrsmitteln zu sorgen. Es könne dem Fahrer insbesondere nicht zugemutet werden, immer darauf zu warten, dass sich wirklich alle Fahrgäste hinsetzen, bevor er den Bus oder die Bahn in Bewegung setzt. Nur dann, wenn ein Fahrgast, etwa wegen einer Behinderung, offensichtlich Hilfe beziehungsweise Zeit benötigt, um seinen Platz einzunehmen und sich ausreichend zu sichern, sei dies anders zu beurteilen. Alleine der Umstand, dass die klagende Frau älteren Datums sei, rechtfertige keine andere Bewertung. Und dann wörtlich und prägnant: »Der Fahrer eines Linienbusses darf grundsätzlich darauf vertrauen, dass die Fahrgäste selbst darauf achten, sich im Fahrzeug stets festen Halt zu verschaffen. Das gilt auch und vor allem beim Anfahren. Eine etwaige Nässe und ein damit verbundener rutschiger Boden im Bus sind vor allem im Herbst und Winter keinesfalls unüblich und folglich hinzunehmen. Fahrgäste müssen sich auf diese Umstände einstellen.«

Fazit: Wer einen Bus oder eine Bahn besteigt, sollte sich festhalten. Immer. Besondere Rücksicht auf ältere Menschen darf man nicht erwarten – meinen jedenfalls die Richter in Bremen.

Oberlandesgericht Bremen — Aktenzeichen: 3 U 19/10

Fritten im Topf

Warum Lehrer für Unfälle im Schulunterricht haften

So kann's gehen: Was fraglos gut gemeint war, kommt einen Realschullehrer aus Neustadt an der Weinstraße jetzt ziemlich teuer zu stehen:

Der Pädagoge wollte auf vielfachen Wunsch seiner Schüler im Rahmen des Arbeitslehre-Unterrichts vorführen, wie man Pommes frites frisch zubereitet. Dummerweise entstand hierbei durch eine Unachtsamkeit des Lehrers ein Brand – er hatte vergessen, nach dem Kochvorgang eine Herdplatte auszuschalten. Die vom Hausmeister alarmierte Feuerwehr rückte anschließend mit 18 Einsatzkräften und mehreren Einsatzfahrzeugen an und brachte schließlich den qualmenden Topf, der noch auf der eingeschalteten Herdplatte stand, ins Freie. Danach musste die gesamte Schule »gelüftet« werden.

Als die Stadt den Lehrer später auf Schadensersatz für den Feuerwehreinsatz in Höhe von knapp 1.500 Euro in Anspruch nahm, erhob der Mann Klage vor dem Verwaltungsgericht. Begründung: Er hafte nicht für den Unfall, da er zum einen keinesfalls grob fahrlässig gehandelt habe und außerdem müsse bei einem Dienstunfall natürlich zuerst der Dienstherr, also das Land Rheinland-Pfalz, in Anspruch genommen werden.

Irrtum! Das Verwaltungsgericht wies die Klage des Lehrers zur allgemeinen Verwunderung ab und verurteilte den Pädagogen zur Zahlung. Der Lehrer, so das Gericht, sei für den Ablauf und die Durchführung des Kochunterrichts nämlich allein verantwortlich gewesen. Die Vermeidung von Gefahren für Schüler und Schuleigentum liege allein in seiner Risikosphäre. Wegen der hohen Brandgefahr beim Erhitzen von Fett auf einem Herd in einem normalen Topf ohne Sicherheitsvorrichtungen seien an die Sorgfaltspflicht sehr strenge Anforderungen zu stellen. Diese habe der Lehrer hier verletzt und müsse daher den Schaden persönlich tragen. Wörtlich heißt es im Urteil: »Der Umstand, dass der Kläger beim Verlassen der Schulküche einen Topf mit siedendem Fett auf einer noch eingeschalteten Herdplatte zurückgelassen hat, rechtfertigt den Vorwurf der groben Fahrlässigkeit und damit auch seine Haftung. Das Land Rheinland-Pfalz ist in solchen Fällen – entgegen der Meinung des Klägers – nicht vorrangig in Anspruch zu nehmen. Lehrer haben für solche Art von Unfallen persönlich einzustehen.«

Verwaltungsgericht Neustadt — Aktenzeichen: 5 K 221/11.NW

Der Muezzin wünscht einen guten Morgen!

Warum man religiöse Bekundungen dulden muss

Was zu Weihnachten noch froh und festlich stimmt, kann zu anderen Zeiten durchaus zu beachtlichen Verstimmungen führen. Die Rede ist vom Glockengeläut. Ein gänzlich religionsfreier Mann aus Stuttgart mochte nicht mehr hinnehmen, dass die nebenan gelegene Kirche ihn allmorgendlich um sechs Uhr mit dem sogenannten zweiminütigen »Betgeläut« aus dem Bett holte – und klagte. Sein Argument: Bei aller Religionsfreiheit müsse der Staat ja wohl auch endlich mal diejenigen schützen, die sich nicht für, sondern gegen jede Religion entscheiden, schließlich gebe es auch eine »negative Religionsfreiheit«. Und außerdem legten 61 Prozent der Westdeutschen sowieso keinen Wert auf Glockenschall.

Das Verwaltungsgericht in Stuttgart nutzte die günstige Gelegenheit und fällte ein Urteil mit Signalcharakter: Niemand, so die Richter, habe in unserer Gesellschaft ein Recht darauf, von fremden Glaubensbekundungen, kultischen Handlungen oder religiösen Symbolen verschont zu werden. Auch in einer säkularisierten Gesellschaft wie unserer habe man diese klassische Äußerung des kirchlichen

Lebens hinzunehmen. Jedenfalls für die Dauer von zwei Minuten am Morgen. Und dies gelte im Übrigen nicht nur für das Geläut der Glocken aus einem Kirchturm. Auch der Ruf des Muezzin vom Minarett sei nichts anderes als ein kirchlicher Ruf, nur eben ohne Glocken. Und auch den müsse man hinnehmen, selbst wenn man sich keiner oder einer anderen Religion zugehörig fühle.

Verwunderlich bleibt, dass der Kläger sich über den etwaigen Ruf eines Muezzin überhaupt nicht beschwert hatte, die Richter in Stuttgart aber augenscheinlich trotzdem mal darüber reden wollten. Und deshalb übrigens auch die Berufung gegen ihr Urteil wegen »grundsätzlicher Bedeutung der Rechtssache« zuließen. Es bleibt spannend.

Verwaltungsgericht Stuttgart — Aktenzeichen: 11 K 1705/10

Sprachlos vor Gericht

Wenn Integration vorgetäuscht wird, kennt der Staat keine Gnade

Dass mangelnde Deutschkenntnisse ein Integrationshindernis darstellen, ist nicht erst seit Thilo Sarrazin bekannt. Welch skurrile Blüten dieser Mangel an Kommunikationsfähigkeit tragen kann, wurde in einem spektakulären Verfahren vor dem Kammergericht (KG) in Berlin deutlich: Die polnische Regierung hatte bei den deutschen Behörden die Auslieferung eines polnischen Staatsbürgers beantragt. Der Mann stand in Verdacht, in den Jahren 2002 bis 2005 in Polen schwere Straftaten begangen zu haben, war Anfang 2006 nach Deutschland gezogen und saß inzwischen wegen eines internationalen Haftbefehls in Auslieferungshaft.

In großer Angst vor der polnischen Justiz, legte er gegen die anstehende Auslieferung Beschwerde ein. Begründung: Der Auslieferung stünden »überwiegende schutzwürdige Interessen« im Sinne des deutschen Rechtshilfegesetzes entgegen. Er sei nämlich inzwischen in Deutschland vollständig integriert, gehe einer geregelten Arbeit nach und werde alsbald seine (deutsche) Partnerin heiraten und mit ihr eine Familie gründen.

Als es dann zur Gerichtsverhandlung über die Fortdauer der Auslieferungshaft kam, staunten die Richter in Berlin nicht schlecht: Der Mann erschien mit Dolmetscher, da er so gut wie kein Wort Deutsch sprach. Die Quittung kam prompt: Das Gericht wies seinen Antrag auf Aussetzung der Auslieferung ab. Wörtlich heißt es: »Die vom Beschuldigten als Auslieferungshindernis behauptete Integration in Deutschland ist nicht ersichtlich. Grundlage hierfür wäre unter anderem, dass der Antragsteller sich in deutscher Sprache derart verständigen kann, dass er zumindest im Rahmen des zu erwartenden Strafvollzuges mit den Vollzugsbeamten in Kontakt treten, ihre Anweisungen befolgen und Gespräche führen kann. Da er hierzu trotz seines inzwischen fast fünfjährigen Aufenthaltes in Deutschland offenbar außerstande ist, steht der Auslieferung nach Polen kein schutzwürdiges Interesse entgegen.«

Fazit: Wer Integration behauptet, sollte zumindest diese Behauptung in deutscher Sprache vortragen können.

Kammergericht — Aktenzeichen: (4) AuslA 1252/09

Krähen dürfen leben!

Warum auch Bauern sich nach der Natur richten müssen

Die Tierschützer in Deutschland können sich freuen: Das Oberlandesgericht (OLG) in Karlsruhe hat kürzlich in einem spektakulären Fall bewiesen, dass der im Jahre 2002 ins Grundgesetz aufgenommene Tierschutz keinesfalls ein Lippenbekenntnis darstellt, sondern von den Gerichten auch praktisch umgesetzt wird – notfalls sogar zum (wirtschaftlichen) Nachteil des Bürgers.

Ein Landwirt aus dem Rhein-Neckar-Raum verlangte vom Bundesland Baden-Württemberg knapp 10.000 Euro Schadensersatz, und zwar mit höchst erstaunlicher Begründung: Eine Unzahl von Krähen aus dem anliegenden »Rheinauenwald« hätten seine knapp 30.000 Tabakpflanzen kurz nach dem Setzen innerhalb von wenigen Tagen herausgerissen und ihn damit wirtschaftlich nahezu ruiniert. Und da das Land Baden-Württemberg im Vorfeld nichts gegen eine Überpopulation dieser Tiere unternommen habe, müsse es ihm jetzt den daraus entstandenen Schaden ersetzen. Schließlich sei der Staat dafür verantwortlich, die Bürger und vor allem deren wirtschaftliche Grundlagen zu schützen. Und zwar auch vor wild lebenden Tieren. Dies ergebe sich trotz des ins Grundgesetz aufgenommenen Tierschutzes aus den Grundrechten, die schließlich nur die Menschen schützen sollen und im Falle einer wirtschaftlichen Bedrohung dem Tierschutz vorgingen.

Irrtum. Das Oberlandesgericht (OLG) Karlsruhe mochte dieser Argumentation nicht folgen und erteilte dem Landwirt vielmehr eine Lektion in Sachen Natur- und Tierschutz. Wörtlich heißt es im Urteil: »Es besteht entgegen der Meinung des Klägers keine allgemeine, unmittelbar aus den Grundrechten abzuleitende Verpflichtung des Staates, seine Bürger vor dem Verlust von Einnahmen zu schützen, die ihnen durch wild lebende Tiere entstehen könnten. Es ist vielmehr Sache des Einzelnen, sich bei seiner landwirtschaftlichen Tätigkeit auf die natürlichen Rahmenbedingungen und gegebenenfalls auf deren Änderung einzustellen. Eine Amtspflicht zur Beobachtung und Regelung des Bestandes an Krähen besteht ebenfalls nicht. Wirtschaftliche Beeinträchtigungen, die ausschließlich auf natürliche Umgebungsbedingungen zurückgehen, hat der Staat nicht zu tragen.«

Oberlandesgericht Karlsruhe — Aktenzeichen: 12 U 11/10

Ohrfeigen aus Jena

Wenn Gemeinden am falschen Ende sparen

Dass die Städte und Gemeinden derzeit in dramatischer finanzieller Not sind, ist bekannt. Bundesweit kämpfen die Kommunen um jeden Cent – teilweise allerdings mit äußerst skurrilen Mitteln, wie eine erstaunliche Geschichte aus Thüringen zeigt.

Der eigentliche Fall klingt dabei zunächst banal: Auf dem Bolzplatz einer kleinen Gemeinde in Ostthüringen hatte sich ein Jugendlicher beim Fußballspielen am Kopf verletzt, weil er über die mangelhafte Umzäunung des Sportplatzgeländes gestürzt war. Was im ersten Moment wie ein einfacher Haftungsfall wegen der Verletzung von sogenannten »Verkehrssicherungspflichten« durch die Gemeinde klingt, landete jetzt vor Gericht: Die Kommune hatte sich nämlich geweigert, Schadensersatz zu leisten, und zwar mit überraschender Begründung: Man habe zwar schon seit längerem gewusst, dass der Zaun schadhaft und durchaus gefährlich für die Benutzer der Sportanlage sei, allerdings sei der durch ständigen Vandalismus ramponierte Zaun mit den in der Gemeindekasse zur Verfügung stehenden Haushaltsmitteln nicht zu reparieren gewesen. Und wenn kein Geld da sei, könne eine Gemeinde auch nicht zur Reparatur ihrer Anlagen gezwungen werden. Damit müssten sich die Bürger abfinden.

Für diese aberwitzige Argumentation gab es nun vor dem Oberlandesgericht (OLG) in Jena eine schallende Ohrfeige und zudem Nachhilfeunterricht in Sachen Gemeinderecht und Staatsverständnis: Das OLG verurteilte die Gemeinde zum Schadensersatz. Zum einen sei die Kommune als Eigentümerin der Anlage voll verantwortlich, insbesondere deshalb, weil sie »sehenden Auges« die Gefahr für die Nutzer des Sportplatzes hingenommen habe. Im Hinblick auf die leere Gemeindekasse erlaubten sich die Richter dann folgende Bemerkung: »War die Zaunanlage mit den zumutbaren und vorhandenen Haushaltsmitteln nicht in einem gefahrlosen Zustand zu halten, hätte der stark beschädigte Zaun konsequenterweise abgebaut oder der Bolzplatz sogar ganz geschlossen werden müssen. Die Gemeinde als Betreiber der Anlage ist nämlich rechtlich verpflichtet, den Benutzern den höchstmöglichen Sicherheitsstandard zu bieten. Wenn die dafür erforderlichen Mittel fehlen, kann dies selbstverständlich nicht zur Haftungsfreistellung der Gemeinde und damit zu einem Nachteil für die Bürger führen.«

Oberlandesgericht Jena — Aktenzeichen: 4 U 594/09

Die Mafia muss man melden!

Versicherungen ohne Gnade

Wer von der Mafia bedroht wird, hat in aller Regel genug Sorgen. Besonders bitter traf es allerdings einen Gaststättenbesitzer aus Hamburg, dessen Fall kürzlich vor dem Bundesgerichtshof (BGH) landete: Besagter Gastwirt erhielt eines Tages anonyme Anrufe mit der Aufforderung, Schutzgeld zu zahlen, »sonst passiere ihm etwas«. Da der Mann den Drohungen nicht nachgab, zertrümmerten Unbekannte wenige Wochen später nachts sein Lokal. Diesen Schaden meldete er seiner Versicherung, freilich ohne die vorherigen Drohungen zu erwähnen. Als sich der Vorgang in den Folgemonaten wiederholte und die Beschädigungen und Drohungen immer schwerer wurden, offenbarte sich der Mann schließlich entnervt der Polizei.

Das Problem: Seine Versicherung verweigerte anschließend die Begleichung der Schäden, da die verschwiegene Bedrohung durch die Mafia eine sogenannte »erhebliche Gefahrerhöhung« darstelle und der Versicherung, die dann nämlich den Vertrag hätte kündigen können, umgehend gemeldet werden müsse.

Der BGH gab der Versicherung Recht, und zwar mit bemerkenswerter Begründung. Die Richter fühlten sich in die Struktur der Schutzgelderpressung ein: »Ein Schutzgelderpresser unterscheidet sich wesentlich von einem durchschnittlichen Verbrecher. Fasst Letzterer seinen Zerstörungsentschluss in aller Regel spontan und in unmittelbarem Zusammenhang mit einem konkreten Einbruchsgeschehen, verfolgt der Schutzgelderpresser sein Ziel planmäßig, beharrlich und kaltblütig und setzt die versicherte Sache dabei einer anhaltenden Bedrohung aus. Eine von der Mafia organisierte Schutzgelderpressung übersteigt daher deutlich die gewöhnlich bei Abschluss einer Versicherung gegen Vandalismus zugrunde gelegte Gefahrensituation. Diese hätte der Kläger der Versicherung sofort melden müssen.«

Fazit: Wer von der Mafia erpresst wird, ist nicht nur ziemlich arm dran, sondern büßt im Zweifel auch seinen Versicherungsschutz ein. Tragisch.

Bundesgerichtshof — Aktenzeichen: IV ZR 229/09

Wer gesund lebt, spart Bares!

Warum Krankenkassen nach dem Body-Maß-Index arbeiten dürfen

Wenn gesetzliche Krankenkassen sich untereinander streiten, gibt es dafür zumeist triftige Gründe, die in aller Regel auch für die Öffentlichkeit von Interesse sind. Einen solchen Streit führten kürzlich die AOK Hessen und eine örtliche Betriebskrankenkasse (BKK) – mit erstaunlichem Inhalt: Die BKK hatte jedem Mitglied einen finanziellen Bonus versprochen, wenn es einen »Body-Maß-Index« zwischen 18 und 27 vorweisen konnte und zudem seit sechs Monaten nicht geraucht hatte. Besonderes Bonbon: Zum Nachweis dessen verlangte die BKK von ihren Mitgliedern lediglich eine einfache schriftliche Erklärung und verzichtete insbesondere auf ein ärztliches Attest.

Aus Angst vor Mitgliederschwund klagte die konkurrierende AOK Hessen hiergegen und stellte vor Gericht einen Unterlassungsantrag. Ihr Argument: Ohne ärztliches Attest sei bei diesem Verfahren dem Missbrauch Tür und Tor geöffnet – und folglich liege auch ein Verstoß gegen das Wettbewerbsrecht vor, an das sich auch die öffentlichen Krankenkassen halten müssten. Die BKK verschaffe sich mit dieser Praxis der Bonuszahlung bei der Mitgliederwerbung einen unredlichen Vorteil gegenüber der Konkurrenz.

Irrtum! Das Landessozialgericht (LSG) in Darmstadt erklärte die Praxis der BKK zur allgemeinen Überraschung für rechtens. Zum einen, so die Richter, sei das Gesetz gegen den unlauteren Wettbewerb auf gesetzliche Krankenkassen gar nicht anwendbar. Dessen ungeachtet sei auch gar kein wettbewerbswidriges oder gar unredliches Verhalten der BKK zu erkennen: Dass die Kasse zum Nachweis eines bestimmten Lebenswandels ihrer Mitglieder auf ärztliche Atteste verzichte, liege in ihrem alleinigen Ermessen und sei außerdem im vorliegenden Fall sogar nachvollziehbar: Die Fragen nach dem »Body-Maß-Index« und den Rauchgewohnheiten beträfen nämlich elementare Persönlichkeitsbereiche, es sei daher unbedenklich, wenn die Kasse insoweit auf ärztliche Atteste verzichte. Und schließlich: »Es kann zudem nicht pauschal davon ausgegangen werden, dass die Mitglieder dieses Angebot missbrauchen. Bekanntermaßen würden sie nämlich, wenn die unwahre Behauptung zutage tritt, den Versicherungsschutz einbüßen. Das ärztliche Attest ist daher für die Bonuszahlung nicht zwingend erforderlich.«

Landessozialgericht Hessen — Aktenzeichen: L 8 KR 294/09

»Was du sagen?«

Unzureichende Deutschkenntnisse sind ein Kündigungsgrund

Während Integrationsdebatten und Diskriminierungsverbote nach wie vor die Schlagzeilen und Talkshows füllen, meldet sich jetzt hochoffiziell das Bundesarbeitsgericht (BAG) in Erfurt zu Wort, und zwar mit erstaunlichen Botschaften: In einem spektakulären Fall bestätigte das BAG kürzlich die Kündigung eines 60-jährigen, aus Spanien stammenden Arbeitnehmers. Begründung: Unzureichende Deutschkenntnisse!

Der seit Mitte der 70er Jahre im Ruhrgebiet ansässige Mann arbeitete seit über 30 Jahren in der Automobilzulieferindustrie als Produktionshelfer beim gleichen Arbeitgeber. Anfang 2001 unterzeichnete er eine neue Stellenbeschreibung, nach der die Kenntnis der deutschen Sprache in Wort und Schrift erforderlich wurde. Als er dann allerdings mehrere, vom Arbeitgeber finanzierte Deutschkurse abbrach, kündigte der Arbeitgeber mit Zustimmung des Betriebsrates Ende 2007 das Arbeitsverhältnis. Zur Begründung führte er an, der Arbeitnehmer könne aufgrund mangelnder Deutschkenntnisse die Arbeitsanweisungen nicht lesen und daher seine Arbeit auch nicht mehr ordnungsgemäß erledigen.

Die hiergegen erhobene Klage wies das BAG jetzt in letzter Instanz zur allgemeinen Überraschung ab und stellte Folgendes klar: Zwar verlange das seit August 2006 gültige »Allgemeine Gleichbehandlungsgesetz« (AGG), dass niemand aufgrund seiner ethnischen Herkunft benachteiligt werden dürfe, allerdings habe diese Regel dort ihre Grenze, wo der Arbeitgeber nachvollziehbare Ziele verfolge. Wörtlich heißt es im Urteil: »Ist ein Arbeitnehmer nicht in der Lage, in deutscher Sprache abgefasste Arbeitsanweisungen zu lesen, so kann ihm ordentlich gekündigt werden. Es stellt insbesondere keine Benachteiligung wegen der ethnischen Herkunft dar, wenn der Arbeitgeber von seinen Arbeitnehmern die Kenntnis der deutschen Schriftsprache verlangt. Sofern die deutsche Sprache für die Tätigkeit erforderlich ist, verfolgt der Arbeitgeber damit nämlich ein legitimes, nicht diskriminierendes Ziel. Dem Arbeitgeber war es daher nicht verwehrt, vom Kläger ausreichende Kenntnisse der deutschen Schriftsprache zu verlangen. Er hatte ihm zudem ausreichend Gelegenheit zum notwendigen Spracherwerb gegeben. Dass er diese nicht wahrnahm, hat er selbst zu vertreten.«

Bundesarbeitsgericht — Aktenzeichen: 2 AZR 764/08

Türkisches Recht vs. Deutsches Grundgesetz

Lebenslange Freiheitsstrafe der Türkei ist verfassungswidrig

Beinahe unbemerkt hat kürzlich das Bundesverfassungsgericht (BVerfG) einen Teil der türkischen Rechtsordnung als »mit deutschen Verfassungsgrundsätzen unvereinbar« erklärt. Es ging um die pikante Frage, ob ein in Deutschland lebender, hochrangiger Anführer der verbotenen Arbeiterpartei PKK an die Türkei ausgeliefert werden darf. Die türkische Justiz wirft ihm vor, bei einem Bombenanschlag in Ost-Anatolien im Frühjahr 1999 zwei Menschen getötet und 14 weitere, darunter auch Polizeibeamte, schwer verletzt zu haben – und hat aufgrund dessen die Auslieferung beantragt.

Das BVerfG stoppte die Abschiebung – mit bemerkenswerter Begründung. Das türkische Recht verstoße gegen elementare deutsche Verfassungsgrundsätze: Dem Mann drohe in der Türkei nämlich die sogenannte »erschwerte lebenslange Freiheitsstrafe«. Bei Verhängung dieser Strafe hat der Verurteilte nach türkischem Recht aber keine Möglichkeit, jemals in die Freiheit zurückzukehren. Lediglich dann, wenn der Inhaftierte wegen einer Behinderung, dauernder

Krankheit oder fortgeschrittenen Alters nicht mehr haftfähig ist, kann er vom türkischen Staatspräsidenten begnadigt werden. Diese Praxis, so die Karlsruher Richter, widerspreche damit aber grundlegenden rechtsstaatlichen Prinzipien und auch der Menschenwürde. Wörtlich heißt es: »Es gehört zu den Voraussetzungen menschenwürdigen Strafvollzugs, dass der Verurteilte, auch bei einer lebenslangen Freiheitsstrafe, grundsätzlich die Freiheit wiedererlangen kann. Selbst bei der Feststellung der besonderen Schwere der Schuld kann der Täter nach deutschem Recht die Freiheit, wenn auch erst nach 20 oder mehr Jahren, eines Tages wiedererlangen – etwa wenn seine persönliche Entwicklung im Strafvollzug eine positive Prognose gestattet. Dies gebietet die im Grundgesetz garantierte Menschenwürde.«

Und ergänzend meinten die höchsten deutschen Richter: »Wer hingegen nur dann noch auf die Freiheit hoffen kann, wenn er – wie nach türkischem Recht vorgesehen – aufgrund eines unumkehrbaren körperlichen Zerfallsprozesses das anschließende Leben in Freiheit gar nicht mehr menschenwürdig zu führen imstande ist, für den ist die Strafe grausam und erniedrigend. Sie verstößt damit gegen unabdingbare Grundsätze deutscher Verfassungsordnung. Trotz des grundsätzlichen Respekts vor der Rechtsordnung der Türkei, kommt eine Abschiebung daher nicht in Frage.«

Bundesverfassungsgericht — Aktenzeichen: 2 BvR 2299/09

Polizisten sind auch Menschen

Das OLG Koblenz zeigt ein Herz für die Staatsdiener

Während die Politik noch leidlich darüber streitet, ob und wie Polizeibeamte bei ihren Einsätzen in Zukunft sinnvoller geschützt werden können, handeln die deutschen Gerichte bereits. Im konkreten Fall sprach das Oberlandesgericht (OLG) Koblenz kürzlich einem Polizeibeamten in einem spektakulären Fall ein umfangreiches Schmerzensgeld zu:

Besagter Polizist wurde mit einem Kollegen nachts zu einer Gaststätte gerufen, weil betrunkene Gäste randalierten. Als die Beamten eintrafen, formierten sich die zerstrittenen Besucher plötzlich gemeinsam gegen die Polizisten und schritten unter massiver körperlicher Drohung auf die Beamten zu. Als diese sich wegen der Übermacht der Angreifer in großer Angst um ihre körperliche Unversehrtheit sahen, gab einer der beiden mehrere Warnschüsse in die Luft ab. Da die Angreifer unbeeindruckt weiter voranschritten und mit großer Aggressivität auf die Beamten einschlagen wollten, schoss einer der beiden Polizisten einem Angreifer schließlich mit der Dienstwaffe in die Beine, was die Situation dann auflöste. Aufgrund dieses Vorfalls wurde der Beamte allerdings anschließend wegen massiver psychischer

Störungen dienstunfähig und musste sogar in den vorzeitigen Ruhestand versetzt werden.

Das OLG Koblenz stellte nun fest: Die Angreifer müssen dem Beamten stolze 18.000 Euro Schmerzensgeld zahlen. Die bemerkenswerte Begründung: Durch ihr höchst aggressives Verhalten hätten die Angreifer erst die Ursache für die Verwendung der Schusswaffe und damit auch für die posttraumatische Störung des Beamten gesetzt. Und unter diesen Umständen spiele es insbesondere keine Rolle, dass der Schusswaffengebrauch durchaus zum Berufsbild eines Polizisten gehöre. Darauf könne man sich in solchen Situationen nicht berufen. Wörtlich heißt es: »Wer gegenüber Polizisten derart aggressiv und gewaltbereit handelt, der kann sich nicht auf das Berufsrisiko eines Polizisten berufen. Er ist vielmehr voll verantwortlich für mögliche psychische Gesundheitsbeschädigungen, die die Beamten bei einem solchen Einsatz davontragen. Es kann insbesondere nicht erwartet werden, dass Polizeibeamte einen Schusswaffengebrauch grundsätzlich folgenlos und ohne Störungen verarbeiten. Die Angreifer haben daher – neben der Verurteilung wegen Widerstandes gegen Vollstreckungsbeamte und wegen schwerer Körperverletzung – dem Beamten auch ein umfangreiches Schmerzensgeld zu zahlen.«

Oberlandesgericht Koblenz — Aktenzeichen: 1 U 1137/06

Wladimir Putin vs. Homosexualität

Menschenrechte gelten überraschend auch in Russland

Dass der Europäische Gerichtshof für Menschenrechte (EGMR) in Straßburg kein Blatt vor den Mund nimmt und gerne auch angeblich fortschrittliche Regierungen vorführt, ist bekannt. Eine geradezu historische Ohrfeige erhielt neulich die russische Regierung. In Straßburg geklagt hatten Russlands Homosexuelle. Die russische Regierung unter Wladimir Putin hatte nämlich in den Jahren 2006 bis 2008 die dem »Christofer Street Day« vergleichbare »Gay-Pride-Parade« in Moskau verboten. Begründung: Diese Veranstaltung »fördere die Homosexualität in Russland«, was von behördlicher Seite tunlichst zu verhindern sei.

Irrtum! Der EGMR nahm – wieder mal – kein Blatt vor den Mund, ließ sich auch vom großen russischen Reich und dessen Regierung nicht beeindrucken und urteilte wie folgt: »Das Verbot der ›Gay-Pride-Parade‹ in Moskau verstößt nicht nur eindeutig gegen das Diskriminierungsverbot der auch von Russland im Jahre 1998 ratifizierten europäischen Menschenrechtskonvention. Im Übrigen wurde durch das Verbot der Veranstaltungen auch gegen die ebenfalls in der europäischen Menschenrechtskonvention verankerte Versammlungs- und Vereinigungsfreiheit verstoßen. Schließlich bleibt festzuhalten, dass den Betroffenen nicht einmal die Möglichkeit gewährt wurde, vor einem inländischen Gericht Beschwerde gegen das Verbot einzulegen. Auch hierin liegt ein schwerer Verstoß gegen die Menschenrechte, namentlich das Recht, gegen behördliche Maßnahmen den Rechtsweg einzuschlagen und die Maßnahmen somit gerichtlich prüfen zu lassen. Das Verbot der ›Gay-Pride-Parade‹ war daher menschenrechtswidrig.«

Als Zugabe gewährte der EGMR den Antragstellern übrigens sogar noch eine Entschädigung in Geld. Es gab zwar »nur« 30.000 Euro, die tatsächliche Dimension dieses Urteils und die Freude der Betroffenen dürften allerdings deutlich höher sein.

Europäischer Gerichtshof für Menschenrechte — Aktenzeichen: 14599/09

Schweizer Ansichten zur Integration

Basketballspielen nur ohne Kopftuch

Die Volksabstimmung über das Minarettverbot in der Schweiz ist noch keine zwei Jahre her, da legt die eidgenössische Justiz mit einem bemerkenswerten Urteil zum Nachteil einer muslimischgläubigen Bürgerin nach. Der Fall klingt dabei zunächst vergleichsweise banal: Eine Basketballspielerin aus der zweiten Schweizer Liga wollte per Gerichtsentscheid durchsetzen, dass sie bei Meisterschaftsspielen mit Kopftuch antreten darf. Zur Begründung berief sie sich auf ihren streng muslimischen Glauben, der das Tragen eines Kopftuches für sie, auch beim Sport, vorschreibe. Im Übrigen gebiete dies auch die dringend erforderliche Integration ihres Glaubens in die Schweizer Gesellschaft.

Nachdem der Schweizer Basketballverband die Erlaubnis für das Kopftuch unter Hinweis auf die weltweit geltenden Basketballregeln verweigert hatte, zog die Frau vor das Amtsgericht (AG) in Luzern, um mit einem Eilantrag ihr vermeintliches Recht durchzusetzen.

Freilich – ohne Erfolg. Die Richter bestätigten nämlich das Verbot und schlugen die Sportlerin dabei quasi mit ihren eigenen Waffen: Zwar sei das islamische Kopftuch als religiöses Symbol von der Schweizer Bundesverfassung geschützt. Das Verbot sei daher auch grundsätzlich als Verletzung der Religionsfreiheit und des Persönlichkeitsrechts zu werten, zumal die Frau als Spielerin der zweiten Liga durchaus »öffentlich« auftrete und dort einen Anspruch auf religiöse Betätigung in Form des Kopftuchtragens habe.

Die Sportlerin müsse sich das Verbot aber gleichwohl gefallen lassen. Zum einen habe sie beim Eintritt in den Verein den internationalen Basketballregeln zugestimmt, in denen das Tragen einer »Kopfbedeckung«, egal welcher Art, ausdrücklich verboten ist. Zum anderen verkenne sie mit ihrer Argumentation den eigentlichen Integrationsgedanken. Wörtlich heißt es im Urteil: »Die Klägerin hat sich bewusst für ein Leben in der westlichen Gesellschaft entschieden und ist – wie sich unter anderem durch ihre erfolgreiche sportliche Betätigung und die entsprechende Anerkennung zeigt – offenbar bereits bestens integriert. Jedenfalls bei einem offiziellen Meisterschaftsspiel ist ihr daher fraglos zuzumuten, das Kopftuch abzulegen. Insbesondere in einer Mannschaftssportart haben nämlich Individualinteressen zurückzutreten.«

Amtsgericht Luzern — Aktenzeichen: 0109146

Welchen Wert hat eigentlich die Glotze?

Wenn der Fernseher gepfändet wird

Das wird sich so mancher schon mal gefragt haben: Welchen Wert hätte das Leben eigentlich ohne Fernseher? Das Oberlandesgericht (OLG) in München musste diese Frage kürzlich, zumindest in rechtlicher Hinsicht, beantworten. Im zu entscheidenden Fall war einer Dame aus Unterföhring Grausiges widerfahren: Das Finanzamt hatte in ihrer Wohnung wegen angeblicher Steuerschulden mehrere Gegenstände gepfändet, unter anderem ihren geliebten und vor allem teuren Flachbildfernseher.

Als sich einige Monate später herausstellte, dass die Pfändung unrechtmäßig erfolgt war, erhielt die Frau ihr TV-Gerät zurück – und verklagte anschließend das Finanzamt auf Schadensersatz für die ausgefallene Nutzung des Fernsehers. Sie hatte nämlich tatsächlich keine finanziellen Mittel, um sich nach der Pfändung ein Ersatzgerät zu besorgen, und musste daher monatelang ohne TV-Genuss auskommen. Die Frage vor Gericht lautete demnach: Welchen Wert hat in Deutschland eigentlich die Nutzung eines Fernsehers?

Das OLG München kam zu erstaunlichen Einsichten. Das Fernsehgerät, so die Richter, gehöre zu den Lebensgütern, »deren ständige Verfügbarkeit für die eigenwirtschaftliche Lebenshaltung von zentraler Bedeutung ist«. Das Fernsehgerät sei für die Menschen in unserem Land im Übrigen die »zentrale Informationsquelle, die ihnen insbesondere die Teilnahme am demokratischen Meinungsbildungsprozess und die Mitsprache im sozialen Umfeld ermöglicht oder erleichtert«.

Nach diesen großen Worten kam dann aber die Ernüchterung. Der Ausfall eines Fernsehers, der unrechtmäßig vom Staat eingezogen worden sei, könne allerdings – unabhängig von der Größe und Qualität des Gerätes – keinesfalls mit mehr als 40 Euro monatlich vergütet werden. Schließlich gäbe es noch andere Möglichkeiten, sich zu informieren, freilich ohne bewegte Bilder.

Fazit: Ein Leben ohne Fernsehen ist offenbar möglich – und 40 Euro »wert«. Im Monat. Meinen jedenfalls die Richter in München.

Oberlandesgericht München — Aktenzeichen: 1 U 5045/09

Abschleppen nach zehn Minuten?

Wenn Polizisten Langeweile haben

Hier kommt eine Frage, deren Beantwortung viele Menschen interessieren dürfte: Ab wann darf eigentlich abgeschleppt werden, nachdem der Parkschein abgelaufen ist?

Das Verwaltungsgericht (VG) in Hamburg musste über folgenden Fall entscheiden: Ein Autofahrer hatte in der Hamburger Innenstadt seinen Wagen geparkt, einen Parkschein für 30 Minuten gelöst, diesen auf den Beifahrersitz gelegt und anschließend seine Einkäufe getätigt. Als er zurückkam, standen Polizisten an seinem Auto und teilten ihm mit, dass sie soeben einen Abschleppunternehmer beauftragt hätten. Es stellte sich heraus, dass die eifrigen Beamten exakt zehn Minuten nach Ablauf der Parkscheinzeit das Abschleppunternehmen angerufen hatten.

Gegen diesen Vorgang erhob der Autofahrer Klage – und gewann überraschend vor dem VG Hamburg. Die Richterin wollte dem Spiel nämlich nicht ihren Segen erteilen – erteilte dafür aber den zuständigen Behörden Nachhilfe in Sachen Verhältnismäßigkeit der anzuwendenden Mittel. Wörtlich heißt es im Urteil: »Es kann dahinstehen, ob das Auslegen des Parkscheins auf dem Beifahrersitz ausreichend war, um das Merkmal ›gut sichtbar‹ im Sinne der Straßenverkehrsordnung zu erfüllen. In jedem Falle aber war das Abschleppen bei einer Überschreitung von lediglich zehn Minuten eindeutig unverhältnismäßig und damit rechtswidrig. Ausgehend von dem Umstand, dass die zulässige Höchstparkdauer an der fraglichen Stelle bei einer Stunde lag, durfte vor Ablauf dieser Stunde keinesfalls der Abschleppvorgang eingeleitet werden. Bis dahin muss als Maßnahme die Erhebung des üblichen Bußgeldes für die Überschreitung der Parkzeit ausreichen.«

Fazit: Vor Ablauf einer Stunde darf nach dem Urteil des VG Hamburg nicht abgeschleppt werden. Geht man davon aus, dass die Höchstparkdauer an den meisten Parkautomaten deutlich höher liegt, wird sich diese Frist dementsprechend dann eher verlängern als verkürzen. Wer abgeschleppt worden ist, sollte daher sehr sorgfältig die Uhrzeitangaben im Gebührenbescheid prüfen.

Verwaltungsgericht Hamburg — Aktenzeichen: 13 K 1186/07

»All inclusive« heißt nicht immer »all inclusive«
Von den Tricks der Reiseveranstalter

Ich gehe mal davon aus, dass der ein oder andere von Ihnen gelegentlich in den Urlaub fährt. Und vielleicht haben Sie sich ja bei der Buchung des Hotels – so wie ich übrigens auch – schon mal von dem vielversprechenden Hinweis »all inclusive« verführen lassen. Klingt nach reichlich und vor allem dauernd essen und vermutlich auch trinken bis zum Abwinken – und das alles schön für lau. Herrlich.

Oder? Damit es im Urlaub keine unnötigen Überraschungen gibt, sollten Sie nach einem aktuellen Urteil des Amtsgerichts (AG) in Leipzig lieber noch mal in Ihre Reiseunterlagen gucken: Ein Ehepaar aus Sachsen hatte nämlich »all inclusive« gebucht und sich an der Costa Brava dann gewundert, dass es mittags kein Essen gab. Das Problem: Der Begriff »all inclusive« ist in der Reisebranche nicht allgemeingültig definiert und damit ohne weitere Erläuterungen inhaltlich unbestimmt. Wer also (ohne Erklärung) »all inclusive« bucht, hat damit nicht automatisch drei Mahlzeiten und auch die Bar gekauft.

Das AG Leipzig fand dennoch einen verbraucherfreundlichen Weg, wörtlich heißt es im Urteil: »Zwar ist dem Veranstalter zuzugestehen, dass eine Definition des Begriffes ›all inclusive‹ tatsächlich bis heute nicht existiert. Hieraus ergibt sich jedoch kein einseitiges Bestimmungsrecht des Reiseveranstalters hinsichtlich der zu erbringenden Verpflegung. Eine am Wortlaut ansetzende Auslegung führt dazu, dass der Reiseveranstalter den Reiseteilnehmern eine Mittagsverpflegung hätte anbieten müssen. Die wörtliche deutsche Übersetzung der Verpflegung ›all inclusive‹ bedeutet nämlich: alle Verpflegungen eingeschlossen. Ein ordentlicher Reisveranstalter liefert im Reisevertrag immer eine sorgfältige Auflistung dessen, was genau unter den Leistungen seines ›all inclusive‹-Pakets zu verstehen ist. Fehlt diese Auflistung allerdings, müssen drei Mahlzeiten täglich und auch entsprechende Getränke angeboten werden. Andernfalls hat die Reise einen Mangel und der Preis kann gemindert werden, unter Umständen kommen sogar Schadensersatzansprüche in Betracht.«

Fazit: Bei »all inclusive«-Angeboten lohnt der Blick in die Reiseunterlagen. Nur das, was dort vermerkt ist, gehört auch tatsächlich zum Leistungsumfang. Steht dort außer »all inclusive« nichts, gibt's drei Mahlzeiten und auch entsprechende Getränke. Hoffentlich.

Amtsgericht Leipzig — Aktenzeichen: 109 C 5850/09

Ungeahnte Schätze auf dem Speicher

Auch uralte Sparbücher bleiben gültig

Möglicherweise betrifft sie nur die sogenannten »älteren Semester« unter den Lesern, aber dafür ist die Entscheidung des Oberlandesgerichts (OLG) Frankfurt umso interessanter: Die Richter in Hessen entschieden nämlich kürzlich, dass selbst extrem alte Sparbücher bis in die heutige Zeit Wirksamkeit entfalten und die federführende Bank zur Auszahlung des Guthabens verpflichten können.

Im konkreten Fall hatte ein Mann im Nachlass seines verstorbenen Vaters ein Sparbuch aus dem Jahre 1959 gefunden, auf dem stolze 106.000 DM lagen und das seit exakt 50 Jahren keine (Geld-)Bewegungen mehr aufwies. Da die Bank noch existierte, bat der Sohn diese um Auskunft über das Vermögen, insbesondere über die in 50 Jahren angefallenen Zinsen und verlangte anschließend die Auszahlung des gesamten Geldes.

Die Bank weigerte sich. Sie bestritt die Echtheit des Sparbuchs und erklärte, die dort sichtbaren Unterschriften stammten nicht von damaligen Mitarbeitern der Bank, es handele sich um eine Fälschung. Das erkenne man vor allem auch daran, dass seit 50 Jahren keinerlei Geldtransfers mehr stattgefunden hätten. Im Übrigen seien sämtliche Ansprüche sowieso längst verjährt.

Irrtum! Das OLG Frankfurt mochte sich dieser Argumentation nicht anschließen und gab dem Sohn Recht. Begründung: Mit der Vorlage des Sparbuchs habe der Sohn alles in seiner Macht Stehende getan. Mehr könne man von ihm nicht erwarten. Da ein Sachverständiger bestätigt habe, dass die im Sparbuch benutzte Tinte aus den fünfziger Jahren stamme, sei es jetzt die Pflicht der Bank, im Einzelnen nachzuweisen, dass es sich um eine Fälschung handele. Da sie dies nicht könne, sondern nur entsprechende Behauptungen aufstelle, komme sie ihrer Beweislast nicht nach. Der Umstand, dass seit 50 Jahren keine Geldbewegungen mehr stattgefunden haben, habe insoweit keine Bedeutung, da dies keinesfalls der Lebenswirklichkeit widerspreche. Außerdem sei der Anspruch nicht verjährt, da nach ständiger Rechtsprechung des Bundesgerichtshofs die allgemeinen Verjährungsregeln des BGB bei Sparbüchern dieser Art keine Anwendung fänden. Die Bank muss folglich zahlen.

Fazit: Auch uralte Sparbücher können wirksam sein. Wer ein solches findet, ist demnach gut beraten, es nicht aus Altersgründen wegzulegen.

Oberlandesgericht Frankfurt — Aktenzeichen: 19 U 180/10

Hüten Sie sich bitte vor Eicheln!

Atemberaubende Einsichten eines Oberlandesgerichts

Hier kommt eine Warnung: Hüten Sie sich und Ihr Auto bitte unbedingt vor Eichen und den dazugehörigen Eicheln! Nein, ich bin nicht komplett durchgedreht, sondern zitiere aus einem Urteil des Oberlandesgerichts (OLG) in Hamm. Die dortigen Richter hatten kürzlich darüber zu entscheiden, ob man Schadensersatz verlangen kann, wenn man sein Auto unter einer Eiche abstellt, von der dann überraschend Eicheln herunterfallen und das abgestellte Fahrzeug beschädigen.

Dieser Meinung war allen Ernstes ein älterer Mann aus Dortmund, der folgendes Argument anführte: Der Eigentümer des Grundstücks, auf dem der Baum stand, habe die Eiche so beschnitten, dass die Äste sich erst ab einer Höhe von etwa acht Meter befanden. Und deshalb müsse der Eigentümer Schadensersatz zahlen. Denn hätte er die unteren Äste nicht abgeschnitten, wäre die Wucht beim Herabfallen der Eicheln durch die »Bremswirkung« dieser Äste geringer gewesen und die Eicheln hätten das Auto nicht beschädigt.

Klingt irgendwie logisch – die Richter in Hamm mochten sich dieser Einschätzung jedoch nicht anschließen. Sie gaben dem Mann vielmehr einen Hinweis auf seine Eigenverantwortung und die Gesetze der Natur. Wörtlich heißt es im Urteil: »Die Schäden aus dem natürlichen Fruchtfall der Bäume kann dem Eigentümer dieser Bäume in aller Regel nicht angelastet werden. Das Wachstum von Bäumen im oder am Verkehrsraum ist zum einen ökologisch und straßengestalterisch sinnvoll und zum anderen ist das Installieren von Auffangnetzen dem Eigentümer wirtschaftlich nicht zumutbar. Gemessen an den Vorteilen der Begrünung von Verkehrsflächen und des zu seiner Vermeidung nötigen Aufwands ist das Risiko aus dem Fruchtfall – anders als beim Abbruch ganzer Äste – durchaus tragbar. Ein Verkehrsteilnehmer kann sich zudem auf das Risiko des Fruchtfalls denkbar leicht einstellen, indem er nämlich das Parken unter diesen Bäumen, insbesondere dann, wenn sie hoch geschnittenen sind, schlicht unterlässt. Wer gleichwohl sein Fahrzeug dort abstellt, kann im Nachhinein keine Schadensersatzansprüche geltend machen.«

Das atemberaubende Fazit lautet demnach: Wer unter einer Eiche parkt, muss mit herabfallenden Eicheln rechnen. Kaum zu glauben.

Oberlandesgericht Hamm — Aktenzeichen: 9 U 21/08

Kindererziehung vor Gericht

Von peinlichen Eltern und schlauen Richtern

Wenn Eltern eigene Unzulänglichkeiten bei der Erziehung ihrer Sprösslinge vor Gericht geklärt beziehungsweise korrigiert wissen wollen, darf man sich als neutraler Beobachter durchaus schon mal die Augen reiben. Das Oberlandesgericht (OLG) in Bamberg musste kürzlich über einen solchen Fall entscheiden. Die Geschichte klingt dabei wie ein schlechter Scherz: Ein Vater hatte seinen siebenjährigen Sohn zu einem Zeltlager begleitet. Dort wurde abends mit den Kindern gespielt, und bei einem »Sing-Spiel« beteiligten sich auch die Erwachsenen. Der Vater übernahm die Rolle eines Bösewichts, der dann von einem Kind mittels einer Fingerpistole schauspielerisch »erschossen« wurde.

Einige Wochen nach dem Ende des Zeltlagers ging dem Veranstalter eine Klage zu. Inhalt: Der Vater begehrte im Namen seines Sohnes 5.000 Euro Schmerzensgeld, da sein Sohn bei der »Erschießungsszene« im Zeltlager ein psychisches Trauma erlitten habe. Nicht nur er, der Vater, habe nun mit den Folgen dieses Traumas zu kämpfen, sondern sein Sohn müsse logischerweise jetzt auch finanziell entschädigt werden.

Die Richter in Bamberg mochten sich auf diesen Unsinn nicht einlassen und wiesen die Klage in letzter Instanz ab. Mit erfreulicher Begründung: Kinder im Alter von sieben Jahren könnten in aller Regel zwischen Schauspiel und Realität unterscheiden, insbesondere wenn dies vorher angekündigt werde. Im Übrigen habe der Veranstalter dieses Spiel über Jahre durchgeführt, ohne dass es jemals zu einer Störung bei einem Kind gekommen sei. Und dann an den Vater gerichtet: »Nicht nachvollziehbar bleibt dem Gericht aber vor allem, dass der Vater auf eigene Initiative hin aktiv an dem Spiel teilnahm, jetzt aber den Veranstalter für sein persönliches Fehlverhalten haftbar machen möchte. Der Vater als Erziehungsberechtigter hätte selbst eingreifen müssen, wenn ihm die Szene zu gefährlich für sein Kind erschien. Das Abwälzen dieser Verantwortung auf andere Personen findet im Gesetz keine Stütze.«

Oberlandesgericht Bamberg — Aktenzeichen: 5 U 159/1010

»Kaufe garantiert jeden Pkw!«

Wie man sich gegen Werbezettel am Auto wehrt

Ich weiß nicht, wie oft ich mich darüber schon aufgeregt habe. Ich komme morgens zu meinem Auto und dann steckt wieder irgendein Flyer oder eine Visitenkarte unter dem Scheibenwischer: Neueröffnung eines Cafés, PC-Reparatur von »fachmännischer Hand«, Pizzaservice oder sehr gerne auch der neue Gebrauchtwagenhandel um die Ecke: »Kaufe garantiert jeden Pkw!«

Und hier die Überraschung: Damit ist jetzt Schluss! Das Oberlandesgericht (OLG) Düsseldorf hat nach jahrelanger Rechtsunsicherheit eine (für genervte Autofahrer wie mich) großartige Entscheidung gefällt. Der Tenor: Das Befestigen von Werbezetteln oder entsprechenden Visitenkarten an Autos stellt eine genehmigungspflichtige Sondernutzung des öffentlichen Verkehrsraumes dar, die ohne entsprechende Erlaubnis als Ordnungswidrigkeit mit Geldbußen bis zu 1.000 Euro geahndet werden kann.

Im konkreten Fall hatte ein Gebrauchtwagenhändler aus Moers an den Fahrzeugen in der näheren Umgebung seiner Firma Handzettel anbringen lassen (»Kaufe jeden Pkw«), ohne dafür die Erlaubnis der zuständigen Behörde einzuholen. Als sich ein betroffener Autofahrer an die Ordnungsbehörde wandte, verhängte diese ein Bußgeld von 200 Euro wegen vorsätzlichen Verstoßes gegen das nordrhein-westfälische Straßen- und Wegegesetz (StrWG NRW). Da steht in § 18, dass man für eine »Sondernutzung« des Verkehrsraumes eine Genehmigung benötigt. Da der Gebrauchtwagenhändler nicht zahlen wollte und sich auf einen zulässigen »Gemeingebrauch« der Straße berief, ging die Sache hoch bis zum OLG Düsseldorf. Die dortigen Richter erlösten nun alle genervten Autofahrer dieses Landes. Wörtlich heißt es in der Entscheidung: »Das Befestigen von Karten oder Zetteln mit Werbeaufdrucken an parkenden Fahrzeugen zu Gewerbezwecken (hier: auf einem öffentlichen Parkplatz) stellt eine genehmigungspflichtige Sondernutzung im Sinne des § 18 StrWG NRW dar. Es geht insbesondere über den ›Gemeingebrauch‹ von Straßen hinaus, da es ausschließlich gewerblichen Zwecken dient. Überdies führt die Befestigung von Werbekärtchen an parkenden Fahrzeugen, wofür im Übrigen in aller Regel keinerlei Zustimmung der jeweiligen Fahrzeugbesitzer vorliegt, zur Verunreinigung der Straßen und Parkplätze und somit auch zu erhöhtem Reinigungsaufwand. Die Verhängung der Geldbuße gegen den Gebrauchtwagenhändler war somit rechtens.«

Fazit: Ungebetene Zettelchen unter den Scheibenwischern muss man ab sofort nicht mehr klaglos hinnehmen. Danke.

Oberlandesgericht Düsseldorf — Aktenzeichen: IV-4 RBs 25/10

Ruhe in Frieden – aber nicht im Garten!

Warum es in Deutschland einen Friedhofszwang gibt

Wussten Sie eigentlich, dass es in Deutschland einen Friedhofs- beziehungsweise Bestattungszwang gibt? Kein Scherz. Sollten Sie also gerade zufällig Ihre eigene Beerdigung planen und für die Beisetzung den Mittelpunkt des RheinEnergie-Stadions (Heimspielstätte des 1. FC Köln) oder vielleicht sogar den Roncalliplatz vor dem Kölner Dom favorisieren, muss ich Ihnen sagen: Daraus wird leider nichts. Wenn es einigermaßen normal läuft, landen wir nämlich alle auf dem Friedhof, und zwar selbst dann, wenn man das vielleicht gar nicht wollte. Die deutschen »Bestattungsgesetze« der Bundesländer ordnen nämlich an, dass Verstorbene ihre letzte Ruhe in aller Regel tatsächlich auf einem Friedhof finden.

Freilich: Seit September 2003 sind in einigen Bundesländern, zum Beispiel in Nordrhein-Westfalen, die Regeln etwas gelockert worden. Wer sich etwa gerne einäschern lassen möchte, muss nicht mehr zwingend auf dem Friedhof enden: Möglich sind zum Beispiel eine Seebestattung und sogar ein Platz am Fuße eines schönen Baumes auf einem sogenannten »Ruheforst«. Unter ganz besonderen Umständen darf die Asche auch »durch Verstreuung beigesetzt werden«. Nur eines geht nach wie vor in Deutschland nicht: Die Beerdigung im eigenen Garten.

Dies hat das Oberverwaltungsgericht (OVG) Rheinland-Pfalz bestätigt: Ein älterer, noch kerngesunder Herr aus Mainz bestand darauf, bereits jetzt feststellen zu lassen, dass seine Asche eines Tages auf seinem eigenen Grundstück im Garten beigesetzt wird. Das OVG setzte diesem Wunsch nun ein jähes Ende und verwies den Mann auf die Bestattungsgesetze. Wörtlich heißt es im Urteil: »Eine Ausnahme von der Pflicht, Urnen auf Friedhöfen beizusetzen, kommt nur dann in Betracht, wenn für die Bestattung auf einem Privatgrundstück ein nachvollziehbares Bedürfnis besteht und öffentliche Interessen nicht entgegenstehen. Ein solches Bedürfnis ergibt sich aber nicht schon aus dem bloßen Wunsch, auf dem eigenen Grundstück bestattet zu werden. Selbst unter Berücksichtigung der geänderten sittlichen Anschauungen in der Gesellschaft, genügt dies allein nicht. Denn der Friedhofszwang trägt nach wie vor dem anerkennenswerten und wichtigen Bestreben Rechnung, die Totenruhe zu respektieren.«

Ach ja: Einer der prominentesten Fälle, in dem eine »Privatbestattung« ausnahmsweise genehmigt wurde, ereignete sich im Jahre 1990 in Köln. Der bekannte Versicherungsunternehmer Hans Gerling erhielt wegen des zu erwartenden Medienauftriebs und seines hohen Alters die Erlaubnis, die Asche seiner Frau Irene im eigenen Garten in Marienburg bestatten zu lassen. Als Gerling ein Jahr später selbst verstarb, fanden er und seine Frau ihre letzte Ruhe dann aber doch noch auf einem öffentlichen Friedhof.

Oberverwaltungsgericht Rheinland-Pfalz — Aktenzeichen: 7 A 11390/09

Diesel im Porsche

Für Hilfe beim Tanken haftet der Tankstellenbetreiber

Ganz früher war es üblich, in den letzten Jahrzehnten ist es dann in Vergessenheit geraten – und seit einiger Zeit dann doch wiederentdeckt: Die Rede ist von den freundlichen Helfern an der Tankstelle, die einen nicht nur mit einem Lächeln begrüßen, sondern auf Wunsch auch das Tanken und die sonstigen Dienste, wie zum Beispiel die Öl- und Wasserprüfung, übernehmen.

Das Oberlandesgericht (OLG) in Hamm hatte nun kürzlich darüber zu entscheiden, wer eigentlich haftet, wenn sich ein Helfer bei diesem Tankvorgang in der Zapfsäule irrt und den Tank mit dem falschen Benzin füllt. Das war nämlich einem Mann aus Essen passiert mit der dramatischen Folge, dass er anschließend sein Auto verschrotten konnte und dadurch einen Schaden von über 10.000 Euro erlitt. Die Richter in Hamm verurteilten den Tankstellenbetreiber zur vollumfänglichen Haftung und ließen ihn damit für den Fehler seines Helfers einstehen. Die Begründung dürfte sämtliche Tankstellenbesitzer und vor allem auch sämtliche Autofahrer in Deutschland interessieren. Wörtlich heißt es im Urteil: »Der Einwand des Tankstellenbetreibers, der

Anspruch sei wegen eines erheblichen Mitverschuldens des Fahrzeughalters zu kürzen, greift nicht durch. Der Fahrer des Autos ist nämlich nicht verpflichtet, den Tankvorgang zu beaufsichtigen oder später den Rechnungsbeleg, auf dem die Benzinart nochmals vermerkt ist, zu kontrollieren. Wer einen Angestellten der Tankstelle damit beauftragt, den Wagen zu betanken, darf darauf vertrauen, dass dies ordnungsgemäß erfolgt. Dass der Autohalter mit dem ›falschen‹ Benzin anschließend noch 40 km fuhr und damit den Motor komplett zerstörte, führt ebenfalls nicht zur Haftungsbegrenzung, denn der Fahrer wusste nichts von der Falschbetankung, und es gab auch keine Anzeichen dafür, an dem ordnungsgemäßen Befüllen zu zweifeln.«

Fazit: Was wirklich gut gemeint ist, kann am Ende für die Betroffenen ziemlich teure Konsequenzen haben. Wer sein Auto liebt, tankt also lieber selbst – oder guckt wenigstens zu. Schade eigentlich.

Oberlandesgericht Hamm — Aktenzeichen: 19 U 85/10

Psychologen in Untersuchungshaft

Wer BAföG will, muss ackern

Dass Studenten bei Beschaffung und Forderung von Ausbildungsförderung (»BAföG«) zuweilen absonderliche Pfade betreten, ist bekannt. Eine besonders unverschämte Variante stand vor dem Oberverwaltungsgericht (OVG) in Bautzen auf dem Prüfstand: Ein Student der Psychologie aus Leipzig verlangte rückwirkende Zahlung von BAföG für neun Monate, das ihm die zuständige Behörde mangels nachgewiesener Prüfungsleistungen vorerst verweigert hatte. Der Student argumentierte wie folgt: Er habe zwar tatsächlich die erforderlichen Prüfungen an der Universität ausgelassen, dafür aber gebe es einen nachvollziehbaren Grund: Er saß nämlich mehr als zwei Monate wegen des (begründeten) Verdachts auf Begehung einer Straftat in Untersuchungshaft und habe dort überraschenderweise keine Möglichkeit gehabt, sich angemessen auf die Prüfung vorzubereiten. Nach seiner Freilassung sei die verbliebene Zeit zu kurz gewesen. Der Staat habe durch diesen Eingriff seine Ausbildung behindert und müsse folglich das BAföG weiterzahlen.

Was wie ein makabrer Scherz klingt, veranlasste das OVG Bautzen anschließend zu deutlichen Worten. Die Behörde habe bei der Verweigerung der Zahlung vollkommen rechtmäßig gehandelt, ein Nachzahlungsanspruch bestehe nicht. Wer in Untersuchungshaft sitze, könne für dadurch ausgefallene Prüfungen kein BAföG verlangen. Und wörtlich heißt es: »Die Untersuchungshaft hat den Antragsteller nämlich keinesfalls überraschend und unverschuldet getroffen. Vielmehr hat er durch sein eigenes Fehlverhalten für die Inhaftierung und damit auch den Lernausfall gesorgt. Dass er nunmehr gleichsam als ›Ausgleich‹ auch noch Ausbildungsförderung für den versäumten Zeitraum verlangt, ist dem Gericht schlechterdings nicht nachvollziehbar. Vor allem vor dem Hintergrund, dass der Antragsteller im späteren Strafverfahren die Straftat eingeräumt hat und anschließend sogar rechtskräftig verurteilt wurde.«

Wie gesagt: Ein Student der Psychologie – offenbar ohne Unrechtsbewusstsein.

Oberverwaltungsgericht Bautzen — Aktenzeichen: 1 A 181/09

Der Albtraum am Flughafen

Wer haftet eigentlich für verschwundenes Gepäck?

Es ist der Urlaubsalbtraum schlechthin: Man steht am Gepäcklaufband des Zielflughafens, in Vorfreude auf Entspannung, Abschalten, Krafttanken, eben die schönsten Wochen des Jahres – und dann kommt der Koffer nicht. Und zwar nicht irgendwie spät, sondern er kommt tatsächlich gar nicht mehr, unauffindbar weg.

Der Bundesgerichtshof (BGH) in Karlsruhe hat jetzt die Rechte der Fluggäste für dieses Horrorszenario gestärkt. Im konkreten Fall gab eine Frau in Frankfurt für den Flug nach Spanien ihre Golftasche auf, in der sich neben ihrer auch die Golfausrüstung ihres Lebensgefährten befand. Die Tasche verschwand anschließend spurlos. Interessant wurde der Fall deshalb, weil später natürlich auch der Lebensgefährte Ersatz für seine Ausrüstung forderte, was die Fluggesellschaft mit der überraschenden Begründung ablehnte, es sei ja nicht »sein« Gepäck gewesen und ihm fehle auch ein entsprechender Gepäckschein. Der aber sei stets nötig für einen Ersatzanspruch.

Irrtum! Der BGH mochte sich dem nicht anschließen und kam vielmehr zu erstaunlichen Einsichten. Wörtlich heißt es im Urteil: »Die Berechtigung für einen Anspruch gegen den Luftfrachtführer wegen abhandengekommenen Gepäcks kann nicht an die Dokumentation der Gepäckaufgabe durch einen Gepäckschein geknüpft werden. Entscheidend ist allein, dass der Reisende tatsächlich Gepäck in die Obhut des Luftfrachtführers gegeben hat. Die Gegenstände können dabei auch von einem anderen Mitreisenden in einem seiner Gepäckstücke aufgegeben werden. Es kann somit grundsätzlich auch derjenige Fluggast Ansprüche geltend machen, der das Gepäck nicht unter seinem Namen aufgibt und entsprechend auch keinen Gepäckschein erhalten hat.«

Fazit: Der Gepäckschein hat bei genauer Betrachtung nur die Funktion der Gepäckidentifizierung. Dazu nochmal der BGH: »Der Gepäckschein dient in aller Regel nur der Zuordnung. Der Luftfrachtführer darf grundsätzlich davon ausgehen, dass der Inhaber des Scheins auch der Berechtigte in Bezug auf das entsprechende Gepäckstück ist. Im Hinblick auf mögliche Ersatzansprüche ist die Vorlage eines Gepäckscheins aber nicht zwingend notwendig, etwa wenn der Fluggast anderweitig nachweisen kann, dass er das Gepäck tatsächlich aufgegeben hat.« Kleiner Wermutstropfen für die Fluggäste: Die Haftung der Luftfahrtgesellschaften ist nach dem sogenannten »Montrealer Übereinkommen« (MÜ) nach oben hin begrenzt. Sofern keine gesonderte Vereinbarung besteht und der Fluggast kein Verschulden des Flugunternehmers nachweisen kann, liegt die Obergrenze pro Fluggast bei 1131 sogenannten »Sonderziehungsrechten«. Diese (fiktive) Währung entspricht zurzeit einem Betrag von etwa 1.300 Euro.

Bundesgerichtshof — Aktenzeichen: X ZR 99/10

Haftung fürs Nichtstun

Falschparken kann sehr teuer werden

Insbesondere als Kölner Bürger weiß man: Wer im Parkverbot steht, bekommt eine »Knolle«. Und zwar schnell. Wer das nicht glaubt, dem empfehle ich einen Selbstversuch in der Kölner Innenstadt. Die zuständigen Ordnungskräfte arbeiten dort mit besonderer Hingabe, versprochen.

Kaum bekannt dürfte sein, dass Falschparken haftungsrechtlich beachtliche Konsequenzen haben kann. Das bekam neulich eine Frau aus Mönchengladbach zu spüren, der Folgendes passiert war: Sie hatte ihren Wagen verkehrswidrig vor einer schräg zur Fahrbahn verlaufenden Parkbucht abgestellt. Als der Fahrer des in dieser Bucht parkenden Wagens ausparken wollte, stieß er aus Unachtsamkeit gegen das verkehrswidrig abgestellte Fahrzeug. Erstaunliche Konsequenz: Die »Falschparkerin« muss 25 Prozent des entstandenen Schadens an ihrem Auto selbst tragen!

Das Landgericht (LG) in Mönchengladbach bestätigte damit die Auffassung der Versicherung, die der Falschparkerin eine Mitverantwortung an dem Unfall gab, obwohl sie zum Zeitpunkt der Kollision gerade in einem Café saß. Wörtlich heißt es: »Das Verhalten der Frau ist zumindest als einfach fahrlässig anzusehen, selbst wenn man zu ihren Gunsten annimmt, dass sie das Auto nur aus Gedankenlosigkeit behindernd vor der Parkbucht abgestellt hat. Dieses Handeln ist damit aber ebenso ursächlich für den Zusammenstoß wie das unvorsichtige und damit ebenfalls fahrlässige Ausparken des anderen Fahrzeugführers. Die Fahrerin hat durch das Falschparken eine Gefährdungslage geschaffen und muss somit haftungsrechtlich hierfür einstehen.«

Fazit: Wer verkehrswidrig parkt, riskiert nicht nur eine Knolle, sondern muss bei einem Unfall mit weiteren Konsequenzen rechnen. Ordnungswidrig abgestellte Fahrzeuge gelten nämlich weiterhin als »in Betrieb« und unterliegen damit grundsätzlich der Haftung nach dem Straßenverkehrsgesetz. Kommt es zum Unfall, muss sich der Halter somit die Betriebsgefahr seines Wagens anrechnen lassen, es sei denn, das Verschulden des anderen Verkehrsteilnehmers ist derart groß, dass diese Betriebsgefahr dahinter zurücktritt. Ach ja: Manche Gerichte in Deutschland wollen eine solche »Betriebsgefahr« sogar dann annehmen, wenn das eigene Fahrzeug ordnungsgemäß geparkt ist, so etwa das Oberlandesgericht in Hamm (6 U 205/96). In Köln freilich gilt das weiter oben Gesagte: Nur verkehrswidrig geparkte Fahrzeuge beziehungsweise deren Halter müssen bei einem Unfall mit einer anteiligen Haftung rechnen (OLG Köln – 7 U 300/86). Wer sein Auto ordnungsgemäß parkt, hat also nichts zu befürchten.

Landgericht Mönchengladbach — Aktenzeichen: 5 S 159/08

Vorsicht im Schwimmbad!

Betreiber haften nicht uneingeschränkt bei Unfällen

Wenn nicht irgendwas Größeres dazwischenkommt, ist jedes Jahr auch bei uns in Deutschland ein paar Monate Sommer. Und sollten Sie dann ins örtliche Schwimmbad gehen, kommt hier eine Warnung: Vorsicht an der Rutsche! Sonst ergeht es Ihnen unter Umständen wie einer jungen Frau aus Koblenz, der im letzten August Dramatisches passiert war. Bei einem Schwimmbadbesuch hatte sie die 90 Meter lange Wasserrutsche genutzt, war am Ende ins dafür vorgesehene Schwimmbecken geplumpst, rasch wieder aufgetaucht, um dann von einem unmittelbar nachfolgenden Mann mit einem Fußtritt niedergestreckt zu werden. Der andere Badegast hatte sich nicht an die am oberen Eingang angebrachten Warnschilder gehalten und war nur wenige Sekunden nach der Frau in die Rutsche gestiegen. Bei dem Zusammenprall erlitt die Frau einen Nasenbeinbruch, ein schweres Schleudertrauma sowie eine Schädelprellung.

Diese tragische Szene wäre haftungsrechtlich unspektakulär zu regeln gewesen, hätte nicht der Unfallverursacher unerkannt das Weite gesucht. Was tun? In ihrer Not verklagte die Frau das (städtische) Schwimmbad auf Schadensersatz und Schmerzensgeld: Das Schwimmbad hätte für die Überwachung der Wasserrutsche einen Bademeister abstellen müssen, der das Einhalten der Warnhinweise kontrolliert. Das Aufstellen der Schilder alleine genüge nicht.

Irrtum! Das Oberlandesgericht (OLG) Koblenz mochte dieser Argumentation nicht folgen und stellte vielmehr interessante Regeln zur Haftung in Schwimmbädern auf: Der Betreiber einer Wasserrutsche sei zwar verpflichtet, die Benutzer vor Gefahren zu schützen, allerdings bedürfe es nur solcher Sicherungsmaßnahmen, die ein »verständiger und umsichtiger Mensch« für ausreichend halten darf. Durch das Aufstellen von deutlichen Hinweisschildern sowohl am Aufgang zur Rutsche als auch an ihrem unmittelbaren Einstieg habe das Schwimmbad die nötige Sorgfalt erfüllt. Eine ständige und lückenlose Aufsicht an einem Rutscheneinstieg sei nicht zumutbar. Im Übrigen sei das Schwimmbad noch von einem dauernd anwesenden Bademeister überwacht worden. Und dann wörtlich: »Der Unfall geschah also nur deshalb, weil die klaren und unmissverständlichen Regeln von dem Unfallverursacher nicht eingehalten wurden. Dieses krasse Fehlverhalten eines Dritten, der unter bewusster Missachtung der Vorgaben des Schwimmbades handelte, stellt ein Risiko dar, für das der Schwimmbadbetreiber nicht verantwortlich ist. Ein Anspruch gegen das Schwimmbad ist bei dieser Sachlage daher nicht begründet.«

Oberlandesgericht Koblenz — Aktenzeichen: 8 U 810/09

Wenn der Bello durchdreht

Hundehalter haften ohne Rücksicht auf ein Verschulden für ihre Liebsten

Hundehalter aufgepasst: Das Oberlandesgericht in Halle an der Saale hat kürzlich eine Entscheidung zu der Frage gefällt, unter welchen Umständen man für seinen Liebling haftet. Im konkreten Fall brachte ein Hundehalter seinen Schäferhund mit auf eine Gartenparty. Einige Gäste schlossen rasch »Freundschaft« mit dem zutraulichen Tier und eine Dame ließ ihn während des gemeinsamen Essens sogar mit seinen Vorderpfoten auf ihre Beine steigen. Als sie ihm dann über den Kopf streicheln wollte, passierte das Unfassbare: Der Schäferhund biss der Frau ins Gesicht und verursachte bei ihr schwere und vor allem bleibende Verletzungen.

Der später in Anspruch genommene Hundehalter verweigerte die Zahlung von Schadensersatz und berief sich auf das eigenverantwortliche Handeln der Frau, sie habe sich schließlich selbst in Gefahr gebracht und müsse daher ihren Schaden zumindest anteilig selbst tragen.

Irrtum! Das OLG verurteilte den Hundehalter vollumfänglich zur Zahlung, und zwar mit bemerkenswerter Begründung: Die Frau habe keinesfalls eigenverantwortlich gehandelt, wörtlich heißt es: »Die Klägerin hat sich nicht bewusst einer besonderen Gefahr ausgesetzt, indem sie an der Geburtstagstafel sitzend den Hund, der ihr die Vorderpfoten auf den Schoß gelegt hatte, gestreichelt und liebkost hat. Sie durfte nämlich davon ausgehen, dass der Beklagte nur einen besonders zutraulichen Hund, der auch eine derartige Zuwendung wie die der Klägerin problemlos erduldet, auf einer Gartenparty frei herumlaufen lassen würde. Es hat sich hier nur das Risiko des Hundehalters verwirklicht, für durch sein Tier verursachte Schäden aufzukommen. Dieses Risiko zu vermeiden wäre alleine Sache des Beklagten gewesen. Dadurch, dass die Klägerin den Hund freiwillig streichelte, ergibt sich keine (anteilige) Haftung ihrerseits.«

Und an die Adresse sämtlicher Hundehalter gab es dann noch weitere, klare Ansagen zur Haftung – wieder wörtlich aus dem Urteil: »Ein Hundehalter muss grundsätzlich damit rechnen, dass auf einer Gartenparty oder einer vergleichbaren Veranstaltung sein frei herumlaufender Hund von den Gästen als ungefährlich angesehen wird und sich auch im Umgang mit Hunden nicht erfahrene Personen dem Tier annähern. Er hat daher die notwendigen Vorkehrungen zu treffen, um Schädigungen dieser Personen zu verhindern. Andernfalls steht er nach den Grundsätzen der Gefährdungshaftung für alle Schäden ein, die das Tier verursacht.«

Fazit: Hundehalter müssen auf ihren Lieben jederzeit aufpassen. Auch und gerade in Gesellschaft.

Oberlandesgericht in Halle an der Saale — Aktenzeichen: 10 U 25/09

Die Mama bleibt verantwortlich

Eine Klassenfahrt ist kein Ausnahmezustand

Wenn die eigenen Kinder auf der Klassenfahrt krank werden, ist das vor allem für besorgte Eltern ein Drama. Das Oberverwaltungsgericht (OVG) in Münster hat jetzt die hierbei entstehenden Haftungsfragen zwischen Eltern und Lehrern geklärt. Der Fall: Ein 14-jähriger Gymnasiast aus Westfalen erkrankte auf einer Klassenfahrt in London an akuter Blinddarmentzündung. Einer der beiden anwesenden Lehrer begleitete den Jungen ins Krankenhaus, wo der Schüler notoperiert wurde. Der Lehrer rief anschließend die Mutter des Schülers an und bat sie, umgehend nach London zu kommen, da ihr Sohn sie brauche und er (der Lehrer) dringend zurück zur Klasse müsse, da nur mit beiden Lehrern eine ordnungsgemäße Beaufsichtigung der übrigen Schüler gewährleistet sei. Die Mutter reiste daraufhin an und blieb bei ihrem Sohn, der erst zwei Tage nach Ende der Klassenfahrt wieder transportfähig war und dann mit seiner Mutter heimflog.

Zu Hause weigerte sich dann die Versicherung der Eltern, die Reisekosten zu tragen, woraufhin die Mutter die Schulbehörde auf Erstattung verklagte. Ihr Argument: Es sei Aufgabe der Schule gewesen, ihren Sohn auf der Klassenfahrt zu beaufsichtigen und vor allem wohlbehalten nach Hause zu bringen. Wenn ein Kind krank werde, müsse die Schule einen Lehrer abstellen und für die Rückreise sorgen.

Irrtum! Das OVG Münster mochte sich dem nicht anschließen und stellte vielmehr hochinteressante Regeln auf. Der Tenor: Die Fürsorgepflicht der Eltern gilt auch in solchen Fällen fort mit der Konsequenz, dass Eltern für die entstandenen (Mehr-)Kosten aufkommen müssen. Die Begründung klingt schlüssig: Wenn Kinder krank werden, sind sie nämlich nach dem Schulgesetz von der Pflicht, an schulischen Veranstaltungen teilzunehmen, befreit und dürfen beziehungsweise müssen nach Hause gehen. Für den Heimweg aber sind in aller Regel nicht mehr die Schulen, sondern allein die Eltern verantwortlich. Und das gilt auch bei Klassenfahrten! Wörtlich heißt es in der Entscheidung: »Wie im Fall der Erkrankung eines Schülers in der Schule, ist es Pflicht der Eltern, das während einer Klassenfahrt erkrankte Kind sobald als möglich zu betreuen und hierzu notfalls an den Zielort der Klassenfahrt zu reisen sowie auch für die Rückreise zu sorgen. Die Erkrankung des Kindes ist nämlich Teil des allgemeinen Lebensrisikos, das sich prinzipiell jederzeit und an jedem Ort realisieren kann. Dieses Risiko aber haben jene zu tragen, die allgemein für das Wohlergehen des Kindes verantwortlich sind. Gemessen daran war es nicht Aufgabe des Gymnasiums oder der Aufsicht führenden Lehrer, dafür zu sorgen, dass der Schüler während seines Krankenhausaufenthaltes, nachdem die Mutter die

Betreuung übernommen hatte, weiterhin beaufsichtigt und nach Hause begleitet wurde. Dies oblag vielmehr den Eltern, die damit keine Aufgabe der Schule wahrgenommen haben, sondern ausschließlich ihre eigene Aufgabe als Eltern.«

Fazit: Wenn Kinder auf Klassenfahrten krank werden, können die Eltern die Verantwortung beziehungsweise Fürsorge nicht auf die Schule beziehungsweise die Lehrer abwälzen. Sie bleiben verpflichtet und müssen demzufolge auch die entsprechenden Kosten für die Betreuung und die Reise tragen.

Oberverwaltungsgericht Münster — Aktenzeichen: 19 A 993/07

Kinderwagen haben Vortritt

Der Hausflur gehört zur Mietwohnung

Man muss das nicht verstehen, aber es gibt tatsächlich immer noch Mieter (und sogar Vermieter), die sich über im Hausflur abgestellte Kinderwagen der anderen Mieter aufregen und diese sogar verbieten wollen. Dabei ist die Rechtslage seit vielen Jahren eindeutig: Der Bundesgerichtshof hat im November 2006 rechtskräftig entschieden: »In einem Mietshaus erstreckt sich das Recht des Mieters zur Benutzung der gemieteten Räume auch auf das Recht zur Mitbenutzung der Gemeinschaftsflächen dieses Hauses. Der Mieter ist daher grundsätzlich berechtigt, einen Kinderwagen im Hausflur abzustellen – und zwar jedenfalls dann, wenn der Mieter auf diese Möglichkeit angewiesen ist und die übliche Nutzung des Hausflurs für die übrigen Mieter erhalten bleibt. Diese Regelung gilt zudem auch für die Besucher des Mieters.« Und ergänzend hierzu hat das Amtsgericht in Aachen ein Jahr später festgestellt (Az.: 84 C 512/07): »Eine Mieterin, die ansonsten den Kinderwagen täglich mehrmals in ihre Wohnung in der ersten Etage tragen müsste, ist darauf angewiesen und somit auch berechtigt, den Kinderwagen im Hausflur abzustellen.« Nach Meinung des Amtsgerichts Köln darf ein Kinderwagen sogar vor den Briefkästen stehen, wenn diese weiterhin erreichbar bleiben (Az.: 207 C 43/95).

Existiert eine Regelung in der Hausordnung, gilt Folgendes: Eine Hausordnung darf nicht pauschal das Abstellen von Kinderwagen im Hausflur verbieten. Das wäre nach einhelliger Meinung verschiedener deutscher Gerichte nur dann zulässig, wenn der Hausflur ansonsten komplett versperrt ist. Andernfalls ist eine solche pauschale Regelung unwirksam und damit auch nicht bindend. Sogar eine Hausordnung, die das »vorübergehende Abstellen« von Kinderwagen gestattet, kann unzulässig sein: und zwar nach Meinung des Landgerichts in Bielefeld dann, wenn für den Mieter keine andere zumutbare Möglichkeit besteht, seinen Kinderwagen abzustellen. In diesem Falle wäre selbst eine vorübergehende Gestattung dem Mieter nicht zuzumuten und damit unwirksam – der Mieter dürfte den Kinderwagen also trotz dieser Regelung immer im Hausflur stehen lassen (LG Bielefeld – 2 S 274/92).

Fazit: Kinderwagen dürfen grundsätzlich im Hausflur stehen. Nur dann, wenn sie dabei den Durchgang versperren oder eine Gefahr für andere Hausbewohner darstellen, müssen sie woanders hin. Hausordnungen, die Gegenteiliges behaupten, sind im Zweifel unwirksam und folglich auch nicht bindend.

Bundesgerichtshof — Aktenzeichen: V ZR 46/06

Jesus gibt's nicht umsonst

Kirchensteuern müssen gezahlt werden

Jetzt wird es kompliziert, denn die Frage lautet: Kann man eigentlich Mitglied der Kirche sein, ohne Kirchensteuer zu zahlen? Der Verwaltungsgerichtshof (VGH) in Baden-Württemberg musste kürzlich wieder Stellung nehmen – und kam zu interessanten Erkenntnissen. Der Fall: Ein Professor für katholisches Kirchenrecht (!) hatte gegenüber der zuständigen Behörde seinen Kirchenaustritt erklärt, und zwar so: »Ich trete aus der römisch-katholischen Kirche, Körperschaft des öffentlichen Rechts, aus.«

Was irgendwie sonderbar klingt, war eigentlich ziemlich clever. In Deutschland funktioniert das nämlich so: Kirche und Staat existieren grundsätzlich getrennt voneinander, es gibt insbesondere keine Staatskirche. Bei den Steuern hingegen greift der Staat der Kirche unter die Arme und hat im Grundgesetz festgelegt, dass diejenigen Religionsgemeinschaften, die – wie fast alle – vom Staat als »Körperschaften des öffentlichen Rechts« anerkannt sind, Steuern erheben dürfen. Staat und Kirche arbeiten dann ausnahmsweise zusammen, übrigens so, dass die Finanzämter im Auftrag der

Kirche die Steuern eintreiben und dafür eine Aufwandsentschädigung erhalten.

Die Idee des Professors war nun folgende: Wenn ich ausdrücklich nur aus dieser »Körperschaft des öffentlichen Rechts« austrete, muss ich keine Steuern mehr zahlen, denn dem die kirchensteuerberechtigten Teil der Kirche gehöre ich ja dann nicht mehr an. Im Übrigen bleibe ich aber Mitglied der (innerkirchlichen) Glaubensgemeinschaft.

Irrtum! Das Gericht mochte diesem Gedankengang nicht folgen und stellte fest: Ein sogenannter »Kirchensteueraustritt« ist nach aktueller Gesetzeslage nicht möglich. Wer der (katholischen) Kirche angehören will, muss Kirchensteuer zahlen – was übrigens auch in Nordrhein-Westfalen gilt: In § 3 des »Kirchenaustrittsgesetzes« des Landes NRW steht nämlich, dass ein Austritt aus der Kirche unter Zusätzen oder Bedingungen, also etwa dem Ausschluss der Steuerpflicht, nicht möglich ist. Das Bundesverwaltungsgericht hatte schon im Jahre 1979 eine entsprechende Regelung für das Bundesland Bayern für zulässig erklärt und den »bedingten Kirchenaustritt« damit abgelehnt.

Ach ja: Da die Kirchen grundsätzlich vom Staat getrennt existieren und auch eigene innerkirchliche Rechtsordnungen haben, könnten sie – rein theoretisch – eine kirchensteuerfreie Mitgliedschaft ermöglichen. Und der sogenannte »Päpstliche Rat« aus Rom hat im Jahre 2006 eine solche Regelung auch für zulässig erklärt. Die Deutsche Bischofskonferenz freilich lehnt sie bis heute ab. Es bleibt also spannend, zumal unser Jura-Professor von oben nach der Niederlage vor Gericht inzwischen angekündigt hat, mit seinem Begehren den Vatikan zu einer verbindlichen Klärung zu bewegen.

Bundesverwaltungsgericht — Aktenzeichen: 7 C 37/78

Gefährliche Partnersuche im Büro

Wenn privater E-Mail-Verkehr den Job kostet

Wer von Berufs wegen an einem PC sitzt, kennt das Problem: Darf man eigentlich am Arbeitsplatz aus privaten Gründen ins Internet gehen und etwa E-Mails schreiben und empfangen? Das Landesarbeitsgericht (LAG) Niedersachsen hat hierzu jetzt eine interessante Entscheidung gefällt. Der Tenor: Das private Nutzen des Internets am Arbeitsplatz kann unter Umständen eine fristlose Kündigung rechtfertigen!

Im konkreten Fall arbeitete ein Mann seit über 30 Jahren bei einer Gemeinde, zuletzt als stellvertretender Amtsleiter. Durch Zufall kam heraus, dass er vom Büro aus an einer Online-Partnersuche teilnahm und in einem Zeitraum von sieben Wochen täglich bis zu 140 private E-Mails empfangen, geschickt und auch auf dem PC abgespeichert hatte. Der Arbeitgeber kündigte daraufhin fristlos, und zwar wegen schwerer Verletzung arbeitsvertraglicher Pflichten.

Das LAG bestätigte nun überraschend diese Kündigung. Zunächst, so die Richter, verletze die private Nutzung des Internets am Arbeitsplatz grundsätzlich die Arbeitspflichten, es sei denn, der Arbeitgeber hat die Nutzung ausdrücklich gestattet. Selbst wenn der Arbeitgeber die Nutzung erlaube, dürfe die Internetnutzung aber in keinem Falle die Erbringung der arbeitsvertraglich geschuldeten Leistung massiv beeinträchtigen. Verbringe ein Mitarbeiter über einen längeren Zeitraum ganze Stunden damit, im Netz zu surfen oder private E-Mails zu schreiben, sei dies dem Arbeitgeber nicht mehr zumutbar.

Und das LAG setzte sogar noch einen drauf: In Fällen exzessiver Nutzung des Internets bedürfe es auch keiner (ansonsten erforderlichen) Abmahnung mehr. Das Vertrauensverhältnis sei durch ein solches Verhalten derart zerstört, dass der Arbeitnehmer nicht mehr mit einer ordentlichen Kündigung rechnen dürfe. Und schließlich sei der Arbeitgeber wegen der schweren Verletzung der Arbeitspflichten sogar berechtigt, auf die privat gespeicherten Daten des Arbeitnehmers zuzugreifen und diese im Kündigungsverfahren gegen ihn zu verwenden.

Fazit: Wer von seinem Arbeitgeber die Erlaubnis erhält, das Internet privat zu nutzen, sollte diese Freiheit nur wohldosiert genießen. Ansonsten: Siehe oben.

Landesarbeitsgericht Niedersachsen — Aktenzeichen: 12 Sa 875/09

Nutten halten – leicht gemacht!

Wie das Prostitutionsgesetz Zuhälter bevorteilt

Als im Jahr 2002 nach langer Diskussion das »Prostitutionsgesetz« in Kraft trat, waren sich die Experten einig: Es sollte ein Meilenstein zur Legalisierung des ältesten Gewerbes der Menschheit gesetzt werden und vor allem dem Schutz der »dienstleistenden« Damen dienen. Gut acht Jahre später überrascht nun der Bundesgerichtshof (BGH) mit dem Gegenteil dieser gesetzgeberischen Absicht.

Das Berliner Landgericht (LG) hatte Anfang 2009 eine Zuhälterbande zu langjährigen Haftstrafen verurteilt. Die Angeklagten hatten unter Anwendung von Gewalt im großen Stil einzelne Häuser an Prostituierte »vermietet«, die Damen dort überwacht und durch strenge Regeln, deren Einhaltung von »Wachmännern« kontrolliert wurde, quasi zu Sklaven gemacht. Nach dem Auffliegen der Bande verurteilte das LG Berlin die (geständigen) Täter wegen »Zuhälterei« gemäß § 181a des Strafgesetzbuches zu umfangreichen Gefängnisstrafen. Und damit schien die Sache dann eigentlich erledigt.

Einer der Täter allerdings ging in die Revision zum BGH. Sein Argument: Wegen des Prostitutionsgesetzes, das ja die

Prostitution quasi legalisiere, müsse er als Zuhälter jetzt auch milder bestraft werden.

Was makaber bis absurd klingt, bestätigte jetzt der BGH. Die Strafe des Täters müsse tatsächlich gemildert werden, die Prostitution sei ja inzwischen einer »normalen« Arbeit gleichzusetzen. Wörtlich: »Nicht strafbar können deshalb Maßnahmen der Zuhälter sein, die auch hinsichtlich der Erbringung einer gewöhnlichen Arbeit wirksam zu vereinbaren gewesen wären. Damit scheidet die Festlegung von Zeit, Ort und Mindestentgelten als strafbares Verhalten grundsätzlich aus. Für die Festsetzung von Mieten und sonstigen Zahlungspflichten gilt im Prinzip nichts anderes, sofern deren Erfüllung in einem angemessenen Zusammenhang mit den Leistungen der Organisatoren der Prostitution stehen, wie etwa dem Aufsuchen und der Nutzung von Räumlichkeiten, dem Fernhalten von Störern und dem Schutz vor zudringlichen Freiern.« Und als wäre das noch nicht genug, heißt es abschließend: »Des Weiteren muss zugunsten des Angeklagten gewertet werden, dass sich einige der erlassenen »Regelungen« auch zum Schutz der Prostituierten auswirkten, namentlich der Kondomzwang, die Vorgabe von Mindestvergütungen und dass die Prostituierten über auskömmliche Einkünfte verfügten.«

Bundesgerichtshof — Aktenzeichen: 5 Str 328/09

Wenn der Hund bellt

Nachbarn können sich wehren

Dass man Hundegebell vom Nachbargrundstück nicht unbegrenzt dulden muss, hat das Oberlandesgericht (OLG) Köln schon vor Jahren entschieden. In einem Urteil aus dem Juni 1993 legte das OLG die bis heute geltenden Regeln fest: Demnach muss ein Hund grundsätzlich so gehalten werden, dass andauerndes Gebell nur außerhalb der Zeitspannen von 13 bis 15 Uhr sowie von 22 bis 6 Uhr – und dann nicht länger als zehn Minuten ununterbrochen sowie insgesamt maximal 30 Minuten täglich zu hören ist (OLG Köln – 12 U 40/93). Interessanter Zusatz: Hierbei spielt die Lautstärke keine Rolle! Die Richter stellten nämlich klar: »Auf den Schallpegel kommt es beim Hundegebell nicht an. Bestimmte Geräusche, etwa die von Hunden, drängen sich nämlich auch bei geringem Schallpegel in das Bewusstsein desjenigen, der sie nicht hören will. Auch ein objektiv eher ›leises‹ Jaulen, Bellen oder Wimmern eines Hundes kann, wenn es dauerhaft auftritt, sehr lästig sein.«

Also: Nur gelegentliche Hundegeräusche, wie etwa einfaches »Anschlagen« zur Begrüßung, muss man dulden. Bei längeren Belästigungen hingegen gelten die oben benannten strengen Regeln, die übrigens im Falle der Missachtung durchaus erhebliche Konsequenzen haben können: Das OLG Köln setzte für den Fall der Zuwiderhandlung damals ein Ordnungsgeld von stolzen 10.000 DM fest. Und: Unzumutbares Gebell vom Nachbargrundstück kann nach einem Urteil des Amtsgerichts (AG) Köln aus dem April 2001 sogar dazu berechtigen, gegenüber dem eigenen Vermieter die Miete zu kürzen. Der Vermieter muss seinen Mietausfall dann beim störenden Hundebesitzer einfordern (AG Köln – 130 C 275/00).

Eine ganz neue Dimension im Streit ums Hundegebell hat jetzt das Oberverwaltungsgericht (OVG) in Bremen eröffnet: In einer aktuellen Entscheidung segneten die Richter die behördliche Sicherstellung zweier Dobermänner ab, die durch nächtliches Dauergebell die Nachbarschaft um den Schlaf brachten. Im konkreten Fall sah das OVG die »öffentliche Sicherheit und Ordnung« gefährdet, weil der Hundebesitzer trotz mehrfacher Aufforderung und Beschwerden seitens der Nachbarschaft nicht reagierte. Unter Berufung auf das Bremer Polizeigesetz wurden die Tiere anschließend in amtlichen Gewahrsam genommen und bellen seitdem im Tierheim.

Ähnliches ist auch bei uns möglich: In NRW regelt nämlich das »Landesimmissionsschutzgesetz«, dass Tiere so zu halten sind, dass »niemand von den Tiergeräuschen mehr als nur geringfügig belästigt wird«. Wer dagegen verstößt, begeht eine Ordnungswidrigkeit, die mit bis zu 5.000 Euro (!) Geldbuße geahndet werden kann. Zeigt sich der Hundehalter gleichwohl uneinsichtig, steht der Ordnungsbehörde anschließend die Möglichkeit offen, »die Störung zu beseitigen«, was übersetzt heißt: Tierheim! Aber so weit muss es ja nicht kommen – wenn man ein wenig Rücksicht auf die Nachbarschaft nimmt.

Oberverwaltungsgericht Bremen — Aktenzeichen: 1 B 215/09

Französische Verhältnisse

Warum man auch in Deutschland nur 130 km/h fahren sollte

Auf deutschen Autobahnen gilt, das wissen Sie natürlich, kein grundsätzliches Tempolimit. Die Auto-Lobby verhindert das, und den meisten Deutschen ist es vermutlich ganz recht so. Bei uns gilt seit 1978 dafür die sogenannte »Autobahn-Richtgeschwindigkeits-Verordnung«, und da steht unter anderem drin, dass man auf Autobahnen 130 km/h möglichst nicht überschreiten sollte. Rechtswirkungen im Sinne eines Tempolimits hat diese Verordnung freilich nicht – es ist eben nur eine unverbindliche Empfehlung.

Irrtum! Das Oberlandesgericht (OLG) Stuttgart hat kürzlich wieder festgestellt, dass das Nichtbeachten dieser »Empfehlung« sehr wohl negative und vor allem teure Konsequenzen haben kann. Der Fall: Ein Autofahrer passierte mit 190 km/h auf der linken Spur eine Autobahnraststätte – Geschwindigkeitsbeschränkungen bestanden nicht. Ein anderer Fahrer verließ im selben Moment die Raststätte und wechselte mit 100 km/h von der rechten Einfädelspur direkt und ohne zu blinken quer auf die Überholspur, wo es dann zu einem schweren Auffahrunfall kam.

Frage: Wer haftet für den Schaden? Eigentlich klar, denn wegen des groben Verkehrsverstoßes des einfädelnden Fahrers sollte der von hinten Kommende haftungsfrei bleiben – zumal er ja auch keine (Geschwindigkeits-)Regeln verletzt hatte.

Falsch! Das OLG Stuttgart verdonnerte ihn dennoch dazu, immerhin 20 Prozent des entstandenen Schadens zu tragen. Überraschende Begründung: Zwar treffe ihn am konkreten Unfall keinerlei Schuld, den Unfall habe unstreitig allein der andere Fahrer schuldhaft verursacht. Wegen der deutlichen Überschreitung der empfohlenen Richtgeschwindigkeit müsse er aber anteilig für die sogenannte »Betriebsgefahr« seines Autos einstehen. Und wörtlich heißt es: »Die Nichtbeachtung der Richtgeschwindigkeit von 130 km/h begründet auf deutschen Autobahnen zwar nach wie vor keinen Schuldvorwurf. Allerdings ist zu berücksichtigen, dass sich durch eine höhere Geschwindigkeit als 130 km/h die Unfallgefahr auf der Autobahn merkbar erhöht. Ein Kraftfahrer, der 130 km/h erheblich überschreitet, wird daher nach ständiger Rechtsprechung des Bundesgerichtshofs nur dann von der Haftung befreit, wenn er nachweisen kann, dass es auch bei Tempo 130 km/h zu dem Unfall (mit vergleichbaren Folgen) gekommen wäre. Da der Kläger 190 km/h fuhr und diesen Nachweis nicht erbringen kann, haftet er anteilig für die Unfallfolgen.«

Fazit: Die 130 km/h sind ernst zu nehmen! Sie begründen zwar kein Tempolimit im klassischen Sinne. Wer aber deutlich schneller fährt und (schuldlos!) in einen Unfall verwickelt wird, muss nachher beweisen, dass der Unfall auch bei 130 km/h genau so passiert wäre. Andernfalls: Haftung!

Oberlandesgericht Stuttgart — Aktenzeichen: 3 U 122/09

Hersbruck ist überall!

Wie man Unfallstellen sichert

Kennen Sie eigentlich Hersbruck? Nein? Kannte ich ehrlich gestanden bislang auch nicht. Ich habe es nachgesehen: Hersbruck ist eine Kleinstadt in Mittelfranken, knapp 13.000 Einwohner, 336 Meter über dem Meeresspiegel und flächenmäßig ungefähr so groß wie Köln-Wesseling. In Hersbruck gibt es ganz tolle Sachen zu besichtigen, wie zum Beispiel die gotische Stadtkirche St. Maria, ein Schloss, einen Bahnhof, ein Finanzamt, einen SPD-Bürgermeister und: ein eigenes Amtsgericht!

Und damit wird es dann auch für uns interessant: Denn dieses Amtsgericht (AG) in Hersbruck hat eine bemerkenswerte Entscheidung für Autofahrer gefällt, und zwar konkret zu der Frage, worauf man bei der Sicherung einer Unfallstelle achten muss. Im zu entscheidenden Fall war es vergangenen Sommer an einem frühen Abend in der Nähe von Hersbruck zu einem (harmlosen) Unfall zweier Fahrzeuge auf der Landstraße gekommen. Dummerweise meinten die beiden Unfallbeteiligten allerdings, auf ein Warndreieck verzichten zu können, und stellten ihre Fahrzeuge bis zum Eintreffen der Polizei hintereinander auf dem Seitenstreifen ab.

Nur der zweite, in Fahrtrichtung stehende Wagen hatte das Warnblinklicht eingeschaltet. Und dann passierte es: Ein weiteres Auto näherte sich der Unfallstelle und raste ungebremst in die beiden Fahrzeuge hinein.

Frage: Wer haftet für diesen zweiten Unfall? Das AG Hersbruck berief sich auf die gültigen Vorschriften des Straßenverkehrsrechts und stellte Folgendes klar: Wer trotz eines auch nur »leichten« Unfalls die Unfallstelle nicht sofort ordnungsgemäß sichert, hat für einen weiteren Unfall, der sich aufgrund dieser unzureichenden Absicherung ereignet, zumindest anteilig einzustehen. Obwohl beide vorverunfallten Autos auf dem Seitenstreifen standen, hätte der Fahrer des anderen Wagens in jedem Falle auch sein Warnblinklicht einschalten und so auf die Unfallstelle aufmerksam machen müssen. Da er dies nicht getan hat, trifft ihn eine 50-prozentige Haftung an dem zweiten Unfall.

Fazit: Unfallstellen müssen grundsätzlich immer gesichert werden, und zwar unabhängig von der Schwere des Unfalls und dem Ort, an dem er sich ereignet hat und an dem die Fahrzeuge anschließend stehen. Wer dies nicht beachtet, muss damit rechnen, auch für weitere Unfälle haftbar gemacht zu werden.

So weit die neuesten Nachrichten aus Hersbruck. Wir bleiben dran.

Amtsgericht Hersbruck — Aktenzeichen: 2 C 474/09

Die Skipiste ist kein Kindergarten

Von den erstaunlichen Regeln beim Wintersport

Sollten Sie, wie ich, zu den eher ungeübten Skifahrern gehören, kommt hier eine Warnung: Halten Sie bitte auf der Piste jederzeit die Augen auf! Ansonsten ergeht es Ihnen nämlich unter Umständen wie einem bedauernswerten Herrn aus Hannover, dessen tragischer Skiunfall neulich vor dem Oberlandesgericht (OLG) Celle verhandelt wurde. Der Mann hatte in den bayrischen Alpen einen Skikurs belegt. Am letzten Tag des Urlaubs fühlte er sich dann sicher genug, um alleine zu fahren, und »wedelte« vorsichtig über einen Anfängerhang, als Folgendes passierte: Ohne Vorwarnung rauschte ein anderer Skifahrer mit hoher Geschwindigkeit von hinten heran, kreuzte die »Vorfahrt« und fuhr haarscharf an dem Mann vorbei. Vor Schreck erstarrt, fiel dieser »wie ein nasser Sack« (Originalzitat aus dem Urteil) nach links zur Seite, brach sich dabei die Schulter und verletzte sich zudem schwer am Knie. Der andere Skifahrer verschwand.

Die später in Anspruch genommene Unfallversicherung verweigerte jede Zahlung. Begründung: Es fehle an einem »Unfall« im Sinne des Versicherungsrechts. Schließlich sei es nicht zu einer Berührung oder gar einem Zusammenstoß gekommen – und der verletzte Fahrer habe auch keine Ausweichbewegung gemacht, die unter Umständen einen »Unfall« hätte begründen können. Wer nur »vor Schreck« umfalle, erleide aber keinen Unfall und könne folglich auch keine Leistungen aus der Unfallversicherung fordern.

Zur allgemeinen Überraschung bestätigte das OLG diese Meinung in letzter Instanz. Ein »Unfall« im Sinne des Versicherungsrechts erfordere stets ein »plötzlich von außen auf den Körper wirkendes Ereignis, bei dem der Versicherte eine Gesundheitsbeschädigung erleidet«. Eine Ausnahme, also ein »Unfall« ohne Körperkontakt, komme nur in Betracht, wenn der Versicherte zur Vermeidung eines Zusammenstoßes ein Ausweichmanöver mache und dabei zu Fall komme. Davon könne hier aber keine Rede sein. Der Skifahrer habe den von hinten kommenden Fahrer nämlich erst bemerkt, als er seinen Weg kreuzte. Der folgende Sturz könne somit schon rein denklogisch kein Ausweichmanöver, sondern nur eine »ungeschickte Eigenbewegung« gewesen sein. Dafür aber habe die Unfallversicherung nicht einzustehen.

Fazit: Wer vor »Schreck« erstarrt und vor allem ohne Berührung umfällt, erleidet keinen »Unfall« im versicherungsrechtlichen Sinne und kann daher auch nicht mit Leistungen der Unfallversicherung rechnen. Hätte der Mann den anderen Fahrer gesehen und wäre ausgewichen, hätte die Versicherung hingegen bei einem Sturz zahlen müssen. Wie gesagt: Halten Sie die Augen auf!

Oberlandesgericht Celle — Aktenzeichen: 8 U 131/08

Tanken, ohne zu zahlen, kann teuer werden

Kunden tragen auch die Kosten der Videoüberwachung

Mir ist das zum Glück noch nie passiert, aber ich kenne gleich mehrere Leute, die schon mal das zweifelhafte Vergnügen hatten: Die Rede ist vom Tanken, ohne zu bezahlen. Wer das absichtlich macht, begeht selbstverständlich eine Straftat, in aller Regel übrigens einen Betrug. Die Folge: Freiheitsstrafe bis zu fünf Jahren oder eine (zumeist saftige) Geldstrafe. In der Realität freilich sind diese Fälle selten geworden, inzwischen wissen selbst die Dümmsten, dass wegen der Videoüberwachung an den Tankstellen die Aufklärungsquote bei nahezu 100 Prozent liegt.

Interessant wird das Ganze, wenn man das Bezahlen aus reiner Schusseligkeit schlichtweg vergisst. Der Klassiker: Frühmorgens auf dem Weg zur Arbeit, in Eile, schnell vollgetankt, ab in den Wagen und Tschüss.

Welch teurer Spaß daraus werden kann, bekam kürzlich ein Mann aus Berlin-Kreuzberg zu spüren. Der hatte an seiner »Haustankstelle« morgens in Eile tatsächlich vergessen zu zahlen und war fortgefahren. Obwohl der Mann dem Tankstellenpersonal vom Angesicht her seit Jahren bekannt war, leitete man anhand der Videoaufnahmen eine Personenerkennung ein. Dem vermeintlichen Täter fiel noch am gleichen Abend sein Irrtum auf, er fuhr umgehend zur Tankstelle – leider zu spät. Der Inhaber war zwar bereit, die gestellte Strafanzeige zurückzunehmen, verlangte aber die Kosten der Personenerkennung, in der er unter anderem den Aufwand für den Erwerb der Überwachungsanlage anteilig berücksichtigte.

Zu Recht, entschied jetzt überraschend das Amtsgericht in Kreuzberg und verurteilte den Mann zur Zahlung von stolzen 220 Euro: Bei Selbstbedienungstankstellen sei nämlich klar, dass der Besitzer nur mit Hilfe von Überwachungskameras seine Ansprüche sichern könne. Daher könne man, wenn man ohne zu zahlen fortfährt, auch an den entsprechenden Kosten beteiligt werden. Wörtlich: »Der Betrag von 220 Euro erscheint dem Gericht daher durchaus angemessen. Wer tankt, hat darauf zu achten, dass er das geschuldete Geld umgehend entrichtet. Wer dies vergisst, trägt die Kosten seiner Erkennung, und hierzu gehört auch die Überwachungsanlage.«

Amtsgericht Berlin — Aktenzeichen: 13 C 118/09

»Ich bin genau Ihr Mann!«

Unflätiges Auftreten bei der Bewerbung kann teuer werden

Dass man sich bei einem Bewerbungsgespräch nicht wie ein Ferkel benehmen und auftreten sollte, weiß eigentlich jedes Kind. Wer das nicht beachtet, der bekommt in aller Regel seine Bewerbungsunterlagen zurückgeschickt – und darf es anschließend woanders wieder versuchen.

Dass man sich allerdings mit unangemessenem Auftreten sogar um beachtliche Schadensersatzansprüche bringen kann, zeigt ein aktuelles und ziemlich interessantes Urteil des Landesarbeitsgerichts (LAG) Köln. Der Tenor: »Wer bei einem Bewerbungsgespräch bewusst provokant auftritt und behauptet, er sei ›ja wohl offensichtlich der bestgeeignete und bestqualifizierte Bewerber‹, kann bereits dadurch als ungeeignet für die Stelle eingestuft werden. Mögliche Schadensersatzansprüche, etwa wegen Alters- oder Geschlechtsdiskriminierung, sind unter diesen Umständen ausgeschlossen.«

Im konkreten Fall war ein älterer Mann, nachdem er einen Monat nichts von der Firma hörte, bei der er sich als Vertriebsleiter beworben hatte, ohne Ankündigung im Personalbüro erschienen und hatte sich dort unter Hinweis auf seine angebliche Eignung lauthals beschwert (Wortwahl: siehe oben). Als die Chefin daraufhin meinte, neben seiner unzureichenden Bewerbung und seinem unangemessenen Auftritt im Büro sei er dem Unternehmen im Übrigen auch eindeutig zu alt, zog der Mann schließlich vor Gericht und verlangte Schadensersatz nach dem »Allgemeinen Gleichbehandlungsgesetz« (AGG). Nach dem AGG dürfen nämlich Menschen unter anderem nicht wegen ihres Alters diskriminiert werden und erhalten im Falle der Zuwiderhandlung Schadensersatz. Stellt etwa ein Arbeitgeber jemanden unter Verletzung dieser Grundsätze nicht ein, kann der Betroffene bis zu drei (fiktive) Monatsgehälter Schadensersatz verlangen.

Das LAG Köln wies die Klage dennoch ab. Der Mann habe sich nämlich durch seinen Auftritt im Personalbüro quasi »selbst disqualifiziert«. Seine fehlende Eignung für die zu besetzende Stelle sei spätestens durch den Vorfall im Personalbüro erwiesen. Dass die Chefin anschließend noch das Alter erwähnte, könne daher auch keinen Schadensersatzanspruch nach dem AGG mehr auslösen. Noch mal wörtlich aus dem Urteil: »Das Alter des Klägers war nicht mehr ursächlich für die Nichteinstellung. Er hatte sich bereits vor der entsprechenden Bemerkung der Chefin durch sein unangemessenes Verhalten als ungeeignet für die ausgeschriebene Stelle gezeigt.«

Fazit: Wer sich bei einer Bewerbung danebenbenimmt, ist nicht nur ziemlich dämlich und wird garantiert nicht eingestellt, sondern bringt sich unter Umständen auch noch um mögliche Ansprüche auf Schadensersatz.

Landesarbeitsgericht Köln — Aktenzeichen: 5 Ta 408/09

Für lau im Netz

Unbefugte W-LAN Nutzung ist nicht strafbar

Darauf hat die Computer-Welt (zumindest in Deutschland) gewartet: das Amtsgericht (AG) in Wuppertal hat vor kurzem die interessante Frage nach der Strafbarkeit des unbefugten Nutzens eines ungesicherten W-LAN-Netzes beantwortet. Der Tenor: Wer sich ohne Nachfrage oder Berechtigung in ein fremdes (ungesichertes) W-LAN-Netz einwählt und dort dann im Internet surft, macht sich grundsätzlich nicht strafbar!

Das AG Wuppertal revidierte damit eine eigene Entscheidung aus dem Jahre 2008, in der noch gegenteilig geurteilt worden war. Zur Begründung heißt es nun, das Einwählen ins Netz verstoße zum einen nicht gegen das Telekommunikationsgesetz (TKG), da in keinem Falle von einem »Abhören fremder Nachrichten« im Sinne des Gesetzes gesprochen werden könne. Im Übrigen fehle es auch an einem Verstoß gegen das Bundesdatenschutzgesetz (BDSG), da beim einfachen Surfen im Internet keinerlei personenbezogene Daten abgerufen oder verschafft würden. Wörtlich heißt es hierzu in der Entscheidung: »Wer sich in ein W-LAN-Netz einwählt, kann grundsätzlich nicht erkennen, wer der Betreiber des W-LAN-Netzes ist. Die sogenannten »IP-Daten« (Internet-Protokoll-Daten) sind keine personenbezogenen Daten im Sinne des Bundesdatenschutzgesetzes, da die IP-Adresse frei an den jeweiligen das Netz nutzenden Computer vergeben wird.« Schließlich, so das Gericht, komme auch eine Sanktion nach dem Strafgesetzbuch (StGB) nicht in Betracht, da die übermittelten IP-Daten immer für denjenigen, der sich gerade als Nutzer in das offene Netz einwählt, bestimmt seien.

Fazit: Die Nutzung fremder W-LAN-Netze zum einfachen Surfen im Internet ist nach dieser Entscheidung ab sofort nicht mehr strafbar. Jedenfalls nicht in Wuppertal.

Amtsgericht Wuppertal — Aktenzeichen: 26 Ds 10 Js 1977/08 (282/08)

Diabetiker am Steuer

Wie Zuckerkranke vom Staat benachteiligt werden

An dieser Stelle kommen auch echte »Randgruppen« zu ihrem Recht – wobei man in diesem Falle sagen muss: Sie kommen wohl eher »um« ihr Recht. Es geht nämlich um die bedauernswerten Menschen, die an Diabetes leiden und denen – soweit sie Autofahrer sind – nach einem aktuellen Urteil des Verwaltungsgerichts (VG) in Mainz nun weiteres Unheil droht. Die folgende Geschichte hat sich neulich in der rheinland-pfälzischen Landeshauptstadt zugetragen:

Ein älterer, an Diabetes leidender Herr vergaß vor dem Fahrtantritt, seinen Blutzuckerspiegel zu kontrollieren, und verursachte anschließend wegen einer akuten Unterzuckerung und dem damit einhergehenden Kontrollverlust einen (leichten) Unfall. Da der Mann einige Wochen vorher mit seinem Wagen schon einmal in einen Unfall verwickelt war, ließ die zuständige Verkehrsbehörde ein ärztliches Gutachten anfertigen. Anschließend zog sie zur allgemeinen Überraschung die Fahrerlaubnis des Diabetikers ein. Erstaunliche Begründung: Der Mann habe nicht sorgfältig genug seinen Blutzuckerspiegel überwacht, stelle daher eine grundsätzliche Gefahr für sich und die übrigen Verkehrsteilnehmer dar und dürfe folglich mit seinem Wagen in Zukunft auch nicht mehr am Straßenverkehr teilnehmen.

Was zunächst wie ein übler Scherz klingt, erklärte das VG Mainz nun allen Ernstes für rechtens! Die Richter bestätigten die Auffassung der Behörde. Wörtlich heißt es im Urteil: »Das vorgelegte Gutachten der Behörde verweist auf eine Neigung zu schweren Stoffwechselentgleisungen. Da bereits ein weiterer, ähnlicher Unfall behördlich dokumentiert ist, hat der Kläger offensichtlich uneinsichtig gehandelt, als er die Kontrolle des Blutzuckerspiegels vor Fahrtantritt vergaß. Er ist daher ungeeignet zum Führen von Kraftfahrzeugen. Die Fahrerlaubnis war zu entziehen.«

Fazit: Diabetiker am Steuer stehen unter besonderer Beobachtung. Wer den Blutzuckerspiegel nicht ständig kontrolliert, dem droht unter Umständen der Entzug der Fahrerlaubnis. Kleiner Trost: Nach einer Diabetikerschulung und dem Nachweis einer mehrmonatigen stabilen Blutzuckereinstellung kann der Mann seinen Führerschein möglicherweise zurückerlangen – so gnädigerweise die Richter am VG Mainz.

Verwaltungsgericht Mainz — Aktenzeichen: 3 L 1058/09.MZ

Ohne Brille

Vorsicht im Kaufhaus!

Solche Szenen kennt man eigentlich nur aus Slapstick-Filmen: Da möchte eine Person einen Raum betreten, geht schnurstracks durch die Tür, die aber leider nicht geöffnet, sondern verschlossen und dazu dummerweise auch noch aus Glas ist. Rums! Sieht ungeheuer dämlich aus – für die Betroffenen freilich ein echter Albtraum.

Dass solche Szenen durchaus auch in der Wirklichkeit vorkommen, bekam jetzt eine Frau aus München zu spüren, die nämlich beim »Betreten« eines Kaufhauses mit voller Wucht gegen die verschlossene Glastür gelaufen war und sich dabei erhebliche Verletzungen am Kopf zuzog. Die daraufhin erhobene Klage gegen das Kaufhaus wies das Amtsgericht in München nun zur Überraschung aller Beteiligten ab. Das Kaufhaus habe nämlich keine »Verkehrssicherungspflicht« verletzt.

Aufgrund der in Augenschein genommenen Lichtbilder der fraglichen Glastür stehe fest, dass die Beklagte ihre Verkehrssicherungspflicht nicht verletzt habe. Auf allen Glastüren befänden sich auffällige Metallgriffe, welche über nahezu die gesamte Türhöhe reichen. Die untere Türkante sei mit einem deutlich erkennbaren Metallrahmen eingefasst. Darüber hinaus befände sich über der gesamten Breite der Türe ein etwa 82 Zentimeter breiter Metallrahmen mit dem Schriftzug der Beklagten. Zusätzlich befänden sich ein Aufkleber mit den Öffnungszeiten der Beklagten, ein Aufkleber mit Pay-Back-Informationen sowie ein Aufkleber mit dem Zeichen »Rauchen verboten« auf der Tür. Diese sei damit hinreichend kenntlich gemacht.

Es sei auch zu berücksichtigen, dass sich die Türe nicht innerhalb eines Durchgangsbereichs im Inneren des Kaufhauses befinde, sondern erkennbar im Eingangsbereich zum Kaufhaus. Im Eingangsbereich eines Kaufhauses müsse jedoch ein verständiger Besucher mit dem Vorhandensein von Glastüren rechnen und dürfe nicht sorglos darauf vertrauen, dass er den Eingang ungehindert passieren könne.

Fazit: Wer ein Kaufhaus betritt, sollte die Augen nicht erst vor den Regalen öffnen. Ansonsten: siehe oben.

Amtsgericht München — Aktenzeichen: 172 C 1190/09

Raser in Not

Fahrverbot wird in Deutschland gnadenlos umgesetzt

Falls es Sie irgendwann mal treffen sollte, was ich natürlich nicht hoffe, erwarten Sie bitte keine Gnade: Der Staat greift bei der Verhängung und Durchsetzung eines Fahrverbotes leider gnadenlos durch. Das hat jetzt das Oberlandesgericht (OLG) in Frankfurt erneut klargestellt. Im konkreten Fall war ein Mann innerhalb einer geschlossenen Ortschaft mit 85 km/h geblitzt worden. Anschließend bat er die Behörde, wegen einer »besonderen beruflichen Härte« vom eigentlich fälligen, einmonatigen Fahrverbot abzusehen. Er sei Ersttäter, habe die Tat zudem nie abgestritten und müsse mit seinem Kfz täglich einen sehr weiten Weg zu seinem Arbeitsplatz fahren. Und da die Verkehrsanbindung äußerst mangelhaft sei, träfen ihn die jetzt entstehenden zusätzlichen Kosten existenzbedrohend.

Das OLG Frankfurt ließ sich nicht beeindrucken und blieb staubtrocken: Eine »besondere berufliche Härte« komme unter diesen Umständen nicht in Betracht. Sie läge allenfalls dann vor, wenn dem Mann der Verlust des Arbeitsplatzes drohe. Lediglich finanzielle oder ideelle Nachteile fänden aber keine Berücksichtigung bei der Urteilsfindung. Es gelte vielmehr Folgendes: Grundsätzlich müssen bei einem Fahrverbot auch schwerwiegende berufliche und finanzielle Nachteile in Kauf genommen werden, da diese üblicherweise mit einem solchen Verbot einhergingen. Es sei insbesondere zumutbar, sich auf die neue Situation durch Nutzung öffentlicher Verkehrsmittel, die Gründung einer Fahrgemeinschaft, die Inanspruchnahme von Urlaub oder wahlweise auch dem Anstellen eines eigenen Fahrers einzurichten. Sollte hierfür das Geld nicht reichen, müsse der Täter notfalls sogar einen Kredit aufnehmen und damit die fahrzeuglose Zeit überbrücken. Der Staat jedenfalls könne auf solche Sorgen bei der Realisierung des Fahrverbotes keine Rücksicht nehmen.

Fazit: Bei der Durchsetzung ihrer Sanktionen kennt die Staatsmacht im Zweifel keine Gnade. Fahrverbote können also unter Umständen nicht nur extrem lästig, sondern auch extrem teuer werden. Und von dem obligatorischen Bußgeld haben wir übrigens noch gar nicht gesprochen.

Oberlandesgericht Frankfurt — Aktenzeichen: 2 Ss OWi 239/09

Handtasche weg, Auto weg, alles weg!

Wer sich auf Freundinnen verlässt, ist selbst verlassen

Dieser Text richtet sich an alle Damen, die gerne Diskotheken und Kneipen besuchen. Und die Botschaft lautet: Achten Sie bitte unbedingt auf ihre Handtaschen! Andernfalls ergeht es Ihnen unter Umständen wie einer jungen Frau aus Saarbrücken, die für den Diebstahl ihres Autos keine Entschädigung von der Versicherung erhält. Die Frau hatte bei einem Diskothekenbesuch ihre Handtasche zu vielen anderen Taschen auf eine Treppe gelegt, bat ihre beiden Freundinnen »ein Auge darauf zu halten« und verschwand auf der Tanzfläche. Als sie 15 Minuten später zurückkam, war die Handtasche einschließlich des darin liegenden Autoschlüssels weg. Und da der Handtaschendieb clever genug war, vor der Disko den Wagen zu finden, sollte die Kasko-Versicherung der Frau nun Ersatz für das entwendete Fahrzeug leisten.

Irrtum! Die Frau habe, so die Richter am Oberlandesgericht in Saarbrücken, den Versicherungsfall »grob fahrlässig« herbeigeführt. Im Urteil heißt es: »Regelmäßig stellt das Abstellen einer Damenhandtasche, die üblicherweise und bekanntermaßen Wertgegenstände wie Geldbeutel, Kreditkarten, Haustür- und Autoschlüssel, Ausweispapiere, Führer- und Fahrzeugscheine enthält, in einem jedermann zugänglichen Bereich ohne besondere Sicherheitsmaßnahmen, Überwachungs- und Zugriffsmöglichkeiten, ein grob fahrlässiges Verhalten des Versicherungsnehmers dar. Dies gilt insbesondere für die fehlende Sicherung von Kfz-Schlüsseln.«

Und im Hinblick auf die Anweisung an die beiden Freundinnen sah das Gericht keinen Grund zu einer anderen Beurteilung, wieder wörtlich aus dem Urteil: »Eine effektive Sicherung der Handtasche hätte weitergehende Maßnahmen vorausgesetzt, nämlich entweder das Bergen des Schlüssels in einem Brustbeutel oder einer Umhängetasche durch die Klägerin oder eine der Freundinnen oder aber zumindest, dass eine der Freundinnen die Tasche in die Hand genommen und bei sich getragen hätte. Darin, dass die Klägerin in der konkreten Situation all dies nicht veranlasst, sondern sich auf eine Bitte um optische Überwachung beschränkt hat, liegt ein besonders großer Sorgfaltsverstoß, der hier die Einstandspflicht der Versicherung ausschließt.«

Fazit: Wer seine Handtasche in einer Disko oder einer Gaststätte ablegen möchte, sollte tunlichst darauf achten, dass sich keine Wertgegenstände oder gar der Autoschlüssel darin befinden. Andernfalls – siehe oben.

Oberlandesgericht Saarbrücken — Aktenzeichen: 5 U 102/09

Kleine Lügen bestraft die Versicherung sofort

Die dramatischen Konsequenzen eines Versicherungsbetruges

Dass man seine Versicherung im Schadensfalle nicht anflunkern oder gar betrügen darf, weiß jeder, der halbwegs geradeaus denken kann – und zwar auch ohne juristische Vorkenntnisse. Gleichwohl landen unzählige Fälle dieser Art vor Gericht, weil besonders »clevere« Zeitgenossen meinen, für sie würden diese Regeln nicht gelten.

Zur Abschreckung kommen hier die für viele offenbar immer noch überraschenden Konsequenzen, die ein solcher Unsinn haben kann, vorgeführt an der klassischen Hausratversicherung. Der Fall ist denkbar einfach: Hausratversicherungen stehen bekanntlich für Einbruchs- und Diebstahl-, Wasser- und Sturm- sowie für Brandschäden ein. Kommt es dann zu einem entsprechenden Schaden, etwa aufgrund eines Einbruchs oder eines Brandes, ist die Versuchung für viele immer noch zu groß: Was spricht schon dagegen, die gestohlene CD-Sammlung gegenüber der Versicherung mal eben von tatsächlich 100 auf 200 Exemplare aufzustocken? Merkt ja eh niemand.

Von wegen! Das Oberlandesgericht (OLG) in Celle zeigte

kürzlich an einem spektakulären Fall, wie teuer eine solche Lüge werden kann. Ein Versicherungsnehmer hatte seiner Hausratversicherung falsche Angaben über angeblich bei einem Brand zerstörtes Inventar, unter anderem einer Waschmaschine und einer CD-Sammlung gemacht. Die CDs waren deutlich zu teuer angesetzt, und dummerweise stellte ein Sachverständiger auch noch fest, dass die behauptete Waschmaschine gar nicht hätte vollständig verbrennen können und zudem schwarzen Rauch hätte verursachen müssen, den die Feuerwehr aber nicht gesehen hatte.

Die Erklärungen waren also gelogen – und die Folgen fatal: Die Versicherung verweigerte nämlich, obwohl die geflunkerten Angaben nur einen kleinen Teil des gesamten Schadens ausmachten, jegliche Zahlung – und bekam vom OLG Celle jetzt in letzter Instanz Recht. Grundsätzlich gilt nämlich: Wer arglistig über Tatsachen täuscht, die für die Festlegung der Versicherungssumme von Bedeutung sein können, verliert den Anspruch auf die komplette Versicherungsleistung. Insbesondere kann der Versicherungsnehmer – außer in besonderen Härtefällen – nicht verlangen, dass bei Entdeckung des Schwindels nur der geflunkerte Teil von der Versicherungssumme abgezogen wird. Und: Wer die Versicherung anlügt, der kann nach einem Urteil des Bundesgerichtshofs selbst dann den kompletten Anspruch verlieren, wenn sich die falschen Angaben auf Schadensposten beziehen, die wegen Erreichen der Versicherungssummenhöchstgrenze gar nicht mehr hätten erstattet werden müssen.

Fazit: Wer die Versicherung anlügt, riskiert selbst bei scheinbar kleinen »Flunkereien« den Verlust des kompletten Versicherungsschutzes. Ach ja: Und bei alledem haben wir natürlich noch gar nicht über die strafrechtliche Seite gesprochen. Der aufgezeigte Versicherungsbetrug kann mit Geld- oder Freiheitsstrafe bis zu fünf Jahren enden. Noch Fragen?

Oberlandesgericht Celle — Aktenzeichen: 8 U 122/08

Strohballen im Anflug

Warum man Umzäunungen respektieren sollte

Schadenfreude ist an dieser Stelle eigentlich streng verboten. Manchmal allerdings geht es nicht anders. Und deshalb wird hier die tragisch-komische, aber ziemlich lehrreiche Geschichte eines jungen Mannes aus Erfurt erzählt, dem vor einigen Monaten folgendes Missgeschick widerfuhr: Bei einem Spaziergang durchs Gelände verspürte er plötzlich das dringende Bedürfnis, seine »Notdurft« (groß) zu verrichten. In Ermangelung einer geschützten Stelle stieg er über die Umzäunung eines nahe gelegenen landwirtschaftlichen Betriebes, hockte sich hinter einen Berg von Strohballen und wollte gerade loslegen, als ihm tragischerweise der oberste Strohballen, der nicht ordnungsgemäß befestigt war, aus drei Metern Höhe auf den Kopf fiel. Bei dieser vermutlich sehr skurrilen Szene erlitt der Mann dann leider schwerste Verletzungen, unter anderem musste ein dabei gebrochenes Bein operativ verkürzt werden.

Später verlangte der Mann Schadensersatz und Schmerzensgeld vom Inhaber des Bauernhofes und argumentierte, der Strohballen sei nicht ordnungsgemäß gesichert und daher ursächlich für seine Verletzungen gewesen. Während das Landgericht (LG) Erfurt dieser Meinung folgte, wies das Oberlandesgericht (OLG) Jena die Klage jetzt in letzter Instanz ab und stellte dabei einige interessante Regeln auf, die auch für Menschen gelten, die aktuell keine Probleme mit ihrer Notdurft haben. Das Gericht sprach nämlich aus, dass man sich als »Unbefugter« in der Regel nicht auf die Sorgfaltspflichtverletzungen des Grundstückseigentümers berufen darf. Nach Meinung des OLG gilt vielmehr folgendes Prinzip: »Wer sich unbefugt auf ein privates Grundstück begibt, gehört nicht zu dem Personenkreis, für den der Eigentümer später ersatzpflichtig ist, wenn es auf dem Grundstück zu einem schädigenden Ereignis kommt. Geschützt sind immer nur diejenigen Personen, mit denen der Eigentümer unter normalen Umständen rechnen muss oder die mit seinem Einverständnis handeln.«

Das sollte man sich merken. Und merken sollte man sich auch, dass diese Regel durchaus weitreichende Konsequenzen hat: Sie gilt nämlich zum Beispiel auch dann, wenn man in einen umzäunten Garten steigt, um dort mal eben den Fußball des Filius zu holen. Oder auch etwa dann, wenn Kinder selbst als »Unbefugte« auf einer ordnungsgemäß abgesperrten Baustelle rumturnen und sich dort verletzen. Und spätestens jetzt versteht man dann auch die Bedeutung des Schildes: »Unbefugten ist der Zutritt verboten!« Man bewegt sich auf eigene Gefahr. So wie unser bedauernswerter Mann aus Erfurt.

Oberlandesgericht Jena — Aktenzeichen: 5 U 31/09

Teures Downloaden im Internet

Wenn Kinder im Netz Unsinn machen, haften die Eltern

Dass Kinder, wenn man sie nicht vernünftig beaufsichtigt, im Internet reichlich Unsinn anstellen können, ist hinlänglich bekannt. Ziemlich teuer zu stehen kommt das jetzt eine Mutter aus Köln, deren beide minderjährigen Söhne insgesamt 964 (!) Musikstücke aus dem Internet heruntergeladen und dann im Rahmen einer Tauschbörse anderen Nutzern unbefugt zum Download angeboten hatten.

Die Mutter als Inhaberin des Internetanschlusses erhielt von den betroffenen Musikfirmen beziehungsweise Rechteinhabern anschließend eine Abmahnung, deren Kosten in Höhe von immerhin 2.380 Euro sie nun nach einem aktuellen Urteil des Oberlandesgerichts (OLG) Köln tragen muss. Das OLG verurteilte die Frau zur Zahlung und stellte dabei einige hochinteressante Regeln zu der Frage auf, unter welchen Bedingungen Eltern für den Unfug der eigenen Kinder im Internet haftbar gemacht werden können.

Wörtlich heißt es im Urteil: »Die Beklagte (Mutter) hat nicht deutlich machen können, dass sie ihren elterlichen Kontrollpflichten nachgekommen ist. Das bloße, an die Kinder gerichtete Verbot, keine Musik aus dem Internet herunterzuladen und an Internettauschbörsen teilzunehmen, genügt zur Vermeidung von Rechtsverletzungen durch Kinder nicht, wenn dies von den Eltern nicht auch überwacht, sondern den Kindern vielmehr freie Hand gelassen wird. Außerdem hat die Beklagte auch keinerlei Sicherheitsvorkehrungen, wie etwa eine Firewall oder Ähnliches installiert, die eine entsprechende Rechtsverletzung oder einen Missbrauch hätten verhindern können. Daher war sie als Anschlussinhaberin verantwortlich für die Urheberrechtsverletzungen und muss für diese haften.«

Hört, hört! Ein einfaches Verbot, mal eben ausgesprochen zwischen Tür und Angel, reicht also keinesfalls aus. Eltern müssen ihre Kinder zudem beaufsichtigen und unter Umständen sogar Schutzmechanismen am Computer installieren, wollen sie nicht für Rechtsverletzungen ihrer Sprösslinge haftbar gemacht werden.

Kleines Schmankerl zum Schluss: Da sich unter den 964 Titeln auch viele sehr alte Lieder befanden, etwa von den legendären »The Who« (britische Rockband, gegründet im Februar 1964!), wollte das OLG von der Mutter noch wissen, ob nicht vielleicht doch eher ihr Ehemann als Täter in Frage käme. Da die Frau sich hierzu aber nicht äußern konnte oder wollte, bleibt sie nach Meinung der Richter für den Internetanschluss und die Rechtsverletzungen alleinverantwortlich.

Oberlandesgericht Köln — Aktenzeichen: 6 U 101/09

Grob fahrlässig vor der Haustür

In der eigenen Straße gelten besondere Regeln für Autofahrer

Hier kommt ein für Autofahrer ziemlich überraschendes Urteil des Amtsgerichts (AG) Hamburg. Und die Botschaft lautet: Vor der eigenen Haustüre gelten bei Rutschgefahr besonders strenge Verkehrsregeln.

Der Fall: Ein Autofahrer war bei schneebedeckter Fahrbahn in seine »Wohnstraße« eingebogen, hatte dort die Kontrolle über den Wagen verloren, rutschte auf den Bürgersteig und prallte mit dem Fahrzeug gegen eine Hauswand. Als er anschließend die Kaskoversicherung in Anspruch nehmen wollte, weigerte sich diese, den kompletten Schaden zu begleichen. Sie pochte vielmehr auf eine Haftungsreduzierung aufgrund einer »grob fahrlässigen Herbeiführung des Versicherungsfalles« – und zwar mit erstaunlicher Begründung: Ein einfaches Wegrutschen auf schneebedeckter Straße reiche zwar – ohne das Hinzutreten besonderer Umstände – regelmäßig noch nicht für eine »grobe Fahrlässigkeit« im Sinne des Versicherungsrechts. Im vorliegenden Fall sei allerdings erschwerend zu berücksichtigen, dass sich der Unfall in der Wohnstraße des Fahrers, also einer ihm sehr vertrauten Umgebung, ereignet hat. Wer also in bekannter Umgebung mit seinem Wagen über den Schnee rutsche, dem müsse in jedem Falle ein »grober Fahrfehler« unterstellt werden.

Was zunächst wie ein Scherz klingt, befand das AG Hamburg jetzt zur Überraschung aller Beteiligten für rechtens. Da der Fahrer die Straße genau gekannt habe, müsse an ihn auch ein deutlich höherer Sorgfaltsmaßstab angelegt werden. Unterlaufe ihm bei schneebedeckter Straße vor der eigenen Haustür oder auf unmittelbarem Weg dorthin ein Unfall, spreche der Beweis des ersten Anscheins tatsächlich dafür, dass er den Unfall nur durch einen besonders groben Fahrfehler verursacht haben könne. Schließlich seien ihm die üblichen Gefahrenquellen des Untergrundes ja hinlänglich bekannt gewesen. Die Versicherung habe daher zu Recht ihre Einstandspflicht abgelehnt.

Fazit: Vor der eigenen Haustür muss man besonders gut aufpassen. Wer dort – etwa auf schneebedeckter Fahrbahn – mit seinem Wagen einen Unfall verursacht, büßt nach Meinung des AG Hamburg unter Umständen seinen Versicherungsschutz ein, selbst wenn er sich nicht anders verhalten hat als ein ortsunkundiger Fahrer.

Amtsgericht Hamburg St. Georg — Aktenzeichen: 916 C 359/09

Erziehungstipps vom Oberlandesgericht

Wenn die Eltern den Unterhalt nicht in bar zahlen möchten

Dass Eltern und Kinder bisweilen unterschiedlicher Meinung sind, daran kann sich vermutlich jeder aus eigener Erfahrung gut erinnern. Diese Streitigkeiten gehören zum Entwicklungsprozess eines jungen Menschen und fördern, wenn sie denn vernünftig ausgetragen werden, am Ende immer die Persönlichkeitsentwicklung des Kindes. So jedenfalls die Theorie.

Dass das in der praktischen Umsetzung gelegentlich auch schon mal ganz anders laufen kann, zeigt eine bemerkenswerte Entscheidung des Oberlandesgerichts (OLG) Brandenburg: Im konkreten Fall hatten getrennt lebende Eltern aus wirtschaftlicher Not entschieden, dass sie ihrer Unterhaltsverpflichtung gegenüber der gerade volljährigen Tochter dadurch nachkommen wollten, die Tochter weiterhin bei ihrer Mutter wohnen zu lassen. Unterhalt also in klassischer Form: Kost und Logis. Gesetzlich ist dies auch abgesegnet, die Eltern haben nämlich ein sogenanntes »Bestimmungsrecht« und können gemäß § 1612 Absatz 2 des Bürgerlichen Gesetzbuchs (BGB) selbst entscheiden, wie sie ihrer Verpflichtung auf Unterhalt nachkommen. Einzige Einschränkung: Es muss bei der Bestimmung des Unterhalts »auf die Belange des Kindes Rücksicht genommen werden«. Ist etwa die Beziehung zu dem Elternteil, bei dem das Kind wohnen soll, komplett zerrüttet, muss das Kind dort nicht bleiben, es hat in diesem Falle einen Anspruch auf Bar-Unterhalt.

Und genau diesen Bar-Unterhalt begehrte die Tochter und führte vor Gericht als Begründung einen heftigen Streit mit ihrer Mutter an, in dem unter anderem das Wort »Balg« gefallen war. Das OLG Brandenburg wies die Klage ab und gab der jungen Frau zusätzlich einen Grundkurs in Sachen Regeln des familiären Zusammenlebens: »Konflikte in zwischenmenschlichen Beziehungen sind natürlicher Bestandteil menschlicher Existenz. Sie können nur in Ausnahmefällen dazu führen, dass ein Zusammenleben nicht mehr möglich erscheint. Gerade aufgrund des familiären Zusammenlebens ist jeder gehalten, derartige Konflikte mit auszutragen. Eine für eine Volljährige unter Umständen unangemessene Äußerung (›Balg‹) belastet zwar das gegenseitige Verhältnis; sie rechtfertigt aber keinesfalls die Annahme einer Zerrüttung. Solche Streitigkeiten kommen in jeder Familie vor. Dem Willen des volljährigen Kindes auf eigene Lebensführung kann angesichts dessen keine größere Bedeutung zukommen als dem Gebot der Rücksichtnahme auf die wirtschaftlichen Möglichkeiten der Eltern.«

Oberlandesgericht Brandenburg — Aktenzeichen: 9 WF 116/08

Alter vor Schönheit

Wie der Bundesgerichtshof eine 96-Jährige schützt

Bei manchen Rechtsstreitigkeiten wundert sich selbst der langjährig geschulte Leser von Gerichtsurteilen, wozu Menschen zur Durchsetzung ihrer »Rechte« fähig sein können. Der Bundesgerichtshof (BGH) in Karlsruhe musste kürzlich über folgenden Fall entscheiden: Ein Vermieter hatte seine 96-jährige (!) Mieterin erfolgreich aus der Mietwohnung geklagt und forderte nun die Vollstreckung dieses Urteils, also die Räumung der Wohnung. Für den Vermieter offenbar überraschend, wollte und konnte die betagte Dame für die restlichen Tage ihres Lebens nicht aus der Wohnung ausziehen und begehrte sogenannten »Vollstreckungsschutz«. Ihr Problem: Nach den Buchstaben des Gesetzes ist ein solcher Schutz gegen die Vollstreckung eines Urteils nur möglich, wenn die »Vollstreckungsmaßnahme«, also die Räumung selbst, eine besondere Härte für den Schuldner darstellt – was die Dame aber gar nicht vortrug. Sie erklärte vielmehr, dass die späteren Konsequenzen der Räumung, nämlich unter anderem der Umzug und die notwendige Verfrachtung in ein ihr nicht bekanntes Altersheim für sie aufgrund ihres hohen Alters lebensbedrohlich seien. Da sich der Vermieter auch durch entsprechende ärztliche Nachweise und Warnungen nicht beeindrucken ließ, ging die Sache erneut vor Gericht.

Kaum zu glauben, aber erst der BGH gab der Frau jetzt Recht, setzte sich mit seinem Urteil über das geschriebene Gesetz hinweg und ermöglichte so den weiteren Aufenthalt in der Wohnung. »Zwar können«, so der BGH, »ein hohes Alter sowie ein schlechter Gesundheitszustand keine Gründe gegen die Vollstreckung eines Räumungsurteils sein. Der Schuldner muss dies hinnehmen, da andernfalls der Rechtsfrieden und der berechtigte Anspruch des Gläubigers nicht durchgesetzt werden können. Die Grenze des Erträglichen und von der Rechtsordnung Tolerierbaren ist aber überschritten, wenn die Folgen einer solchen Vollstreckung für den Schuldner nachweisbar lebensbedrohliche Konsequenzen haben. In einer solchen Situation muss die Beurteilung des Einzelfalles dazu führen, dass die Vollstreckung insgesamt zu unterbleiben hat.«

Klingt logisch und vor allem menschlich. Und: Der Vermieter wird dieses Urteil – anders als vermutlich die alte Dame im umgekehrten Fall – garantiert ohne größeren Schaden überleben.

Bundesgerichtshof — Aktenzeichen: I ZB 11/09

»Ich fahr' lieber in Urlaub!«

Wenn Jugendliche Gerichtsverhandlungen schwänzen

Was tun? Der junge Mann hielt die Urlaubsreise für wichtiger und teilte dem Gericht daher mit, er könne wegen »dringender privater Angelegenheiten« leider nicht an dem von ihm selbst initiierten Berufungsverfahren teilnehmen. Er habe nämlich mit Freunden eine Urlaubsreise gebucht und ihm drohe bei einer Absage ein »hoher Geldverlust«. Er beantrage daher die Verlegung des Termins.

Das wird er sich in Zukunft vermutlich anders überlegen, denn das LG und später auch das OLG Brandenburg verwarfen – ohne neuen Verhandlungstermin – die Berufung und gaben dem jungen Mann zudem einen Grundkurs in Sachen respektvollen Umgangs mit der Justiz. Zwar existiere grundsätzlich die Möglichkeit, wegen einer langfristig geplanten Urlaubsreise eine Gerichtsverhandlung zu verlegen. Angesichts der Umstände komme dies hier aber ganz offensichtlich nicht in Betracht. Und wörtlich: »Die Pflicht zum Erscheinen vor Gericht geht privaten Angelegenheiten grundsätzlich vor. Wer als Angeklagter seiner eigenen Strafverhandlung fernbleibt, muss besondere, insbesondere gänzlich unaufschiebbare Gründe vortragen, die sein Fehlen ausnahmsweise entschuldigen können. Die Absage oder Unterbrechung einer einwöchigen Reise ins nahe benachbarte Polen mit einem Kostenaufwand von 100 Euro mag zwar aus Sicht des Angeklagten lästig sein, erfüllt aber keinesfalls diese Voraussetzungen.«

Da hätte man vermutlich auch von selbst drauf kommen können.

Oberlandesgericht Brandenburg — Aktenzeichen: 1 Ss 19/08

19,95 Euro statt 49,95 Euro!

Wie Geschäfte ihre Kunden zu täuschen versuchen

Man findet sie in jedem Geschäft: Die Preisschilder, auf denen der eine (höhere) Preis durchgestrichen ist, um einen anderen (niedrigeren, nicht durchgestrichenen) Preis noch günstiger erscheinen zu lassen. Die Herrenschuhe beispielsweise kosten jetzt anstatt 49,95 Euro nur noch 29,95 Euro. Das Ziel des Ganzen ist klar: Der potentielle Käufer soll in den guten Glauben versetzt werden, ein echtes Schnäppchen zu machen.

Das OLG in Düsseldorf hat den Händlern kürzlich erneut klargemacht, dass eine solche Praxis beziehungsweise Werbung zwar durchaus zulässig ist, dabei aber keinesfalls geschummelt werden darf. Wer entsprechende Preisschilder in seinen Ladenlokalen oder bei der sonstigen Werbung verwendet, muss im Streitfall nachweisen können, dass er für die konkrete Ware vorher in seinem Geschäft tatsächlich den durchgestrichenen Preis verlangt hat. Gelingt dies nicht, liegt ein Wettbewerbsverstoß vor, der mit empfindlichen Geldbußen geahndet werden kann. Und das OLG Stuttgart stellte in diesem Zusammenhang schon vor einigen Jahren fest, dass der durchgestrichene Preis – damals ging es um Parfümwaren – vorher zumindest eine Woche lang gegolten haben muss.

Nicht erforderlich ist, dass das Preisschild mit besonderen Zusätzen versehen wird, denn, so das OLG, »der interessierte Durchschnittskäufer versteht den auf dem Preisschild durchgestrichenen Preis durchaus als den vorherigen Preis desselben Verkäufers. Solange er im Vertrauen auf die Richtigkeit dieser Annahme nicht enttäuscht wird, handelt der Verkäufer seinerseits nicht gesetzeswidrig.«

Fazit: Durchgestrichene Preise sind nur dann zulässig, wenn sie vorher auch tatsächlich vom Verkäufer verlangt wurden. Dem interessierten Verbraucher bleibt insoweit natürlich die Frage: Wie stelle ich das bloß fest?

Oberlandesgericht Düsseldorf — Aktenzeichen: 20 U 28/10

Oberlandesgericht Stuttgart — Aktenzeichen: 2 U 149/96

Kopfverletzungen inklusive

Fahrradfahren ohne Licht kann sehr weh tun

Dass man bei Dunkelheit mit seinem Fahrrad nicht ohne Licht fahren sollte, weiß eigentlich jedes Kind. Das Ganze steht zudem auch noch ausdrücklich in § 17 der Straßenverkehrsordnung (StVO) und gehört somit zum selbstverständlichen Allgemeinwissen.

Wer dennoch Zweifel hat, für den kommt hier ein aktuelles Urteil des Oberlandesgerichts (OLG) in Frankfurt mit abschreckender Wirkung: Ein junger Mann fuhr abends mit seinem Rad ohne Licht über eine Kreuzung und wurde dabei von einem abbiegenden Linienbus, dessen Fahrer den Radler übersehen hatte, frontal gerammt. Hierbei erlitt der Radfahrer erhebliche Körper- und vor allem schwere Kopfverletzungen mit Langzeitschäden. Als er durch einen Anwalt einige Monate später vor Gericht Schadensersatz und Schmerzensgeld forderte und (zutreffend) vortrug, der Busfahrer habe die Vorfahrt missachtet und müsse daher den Schaden vollständig tragen, belehrten ihn die Richter. Der Tenor: Wer bei Dunkelheit ohne Licht fährt, muss selbst dann einen Teil seines Schadens tragen, wenn er ansonsten keinen Verkehrsverstoß begangen hat. Wörtlich heißt es im

Urteil: »Die Beleuchtung eines Rades dient primär dazu, dass der Fahrradfahrer von anderen Verkehrsteilnehmern gut gesehen wird. Die Benutzung eines Rades ohne oder mit unzureichender Beleuchtung stellt folglich eine extrem hohe Eigengefährdung dar, die ein sorgfältiger Radfahrer keinesfalls eingehen würde. Im konkreten Fall trägt der verunfallte Radfahrer daher 30 Prozent seines Schadens selbst, obwohl der Busfahrer die Vorfahrt missachtete und damit schuldhaft handelte.«

Fazit: Wer Lust auf Kopfverletzungen mit Langzeitschäden hat und zudem auch noch einen Teil seiner Kosten und Schmerzen anschließend selbst tragen möchte, fährt ohne Licht. Der Rest knipst bitte die Lämpchen an, wenn es dunkel wird.

Oberlandesgericht Frankfurt — Aktenzeichen: 22 U 153/09

Arbeiten – nicht quatschen!

Warum ein Handy-Verbot im Betrieb zulässig ist

Die Frage ist denkbar einfach – und doch hochbrisant: Darf ein Chef seinen Mitarbeitern die Nutzung des Privathandys am Arbeitsplatz verbieten? Der Fall: Die Arbeitnehmer eines Altenheims aus der Nähe von Mainz nutzten über viele Jahre ihre Privathandys, bis es dem Chef eines Tages zu bunt wurde. Er verbot per Dienstanweisung mit sofortiger Wirkung die Nutzung des Privathandys während der Arbeitszeit. Da er den Betriebsrat nicht um Zustimmung fragte, klagte die Arbeitnehmervertretung anschließend vor dem Arbeitsgericht gegen das Handyverbot und forderte zudem ein Zustimmungsrecht ein.

Zu Unrecht! Das Landesarbeitsgericht wies die Klage in letzter Instanz ab: Zunächst einmal stehe es jedem Arbeitgeber frei, Anordnungen bezüglich des Arbeitsverhaltens seiner Mitarbeiter zu treffen. Konkret könne er jedes Verhalten verbieten, das unmittelbare Auswirkung auf die Erfüllung der Arbeitspflicht habe. Im Unterschied zu einem am Arbeitsplatz genutzten Radio, das nur die »Ordnung« im Betrieb betreffe, dürfe die Nutzung des Privathandys vom Arbeitgeber untersagt werden. Wörtlich: »Es gehört nach

Auffassung des Gerichts zu den selbstverständlichen Pflichten eines Arbeitnehmers, während der Arbeitszeit von der aktiven und passiven Nutzung des privaten Handys abzusehen, sofern der Arbeitgeber kein Einverständnis erteilt hat. Wer gleichwohl sein Handy nutzt, verletzt seine Pflicht zur ordnungsgemäßen Erfüllung der Arbeitsleistung. Die hier in Frage stehende Anordnung des Arbeitgebers, das bislang geduldete Handy ab sofort zu verbieten, ist folglich rechtens und verstößt nicht gegen arbeitsrechtliche Vorschriften.«

Im Übrigen stellten die Richter dann noch fest, dass für eine solche Anordnung die Zustimmung des Betriebsrates nicht erforderlich ist: »Die Benutzung des Privathandys im Betrieb während der Arbeitszeit gehört zum mitbestimmungsfreien Arbeitsverhalten. Es unterliegt nicht der Disposition des Betriebsrates und kann souverän vom Arbeitgeber geregelt werden.«

Fazit: Der Arbeitgeber kann seinen Mitarbeitern nach dem Urteil des LAG Mainz die Nutzung des Privathandys während der Arbeitszeit verbieten. Sofern im Unternehmen ein Betriebsrat besteht, hat dieser bezüglich einer solchen Maßnahme kein Mitbestimmungsrecht.

Landesarbeitsgericht Mainz — Aktenzeichen: 6 TaBV 33/09

Überraschung: Fahrradfahrer sind keine Fußgänger!

Warum Radfahrer auf Zebrastreifen nichts verloren haben

Das habe ich in meinem Leben – ungelogen – bestimmt schon mehr als tausend Mal beobachtet: Die Rede ist von Fahrradfahrern, die mit ihrem Drahtesel über einen Zebrastreifen sausen, vor dem ein Autofahrer brav angehalten hat und wartet. Und ehrlicherweise habe ich mir darüber beziehungsweise über die rechtlichen Konsequenzen dessen noch nie wirklich Gedanken gemacht – bis jetzt ein aktuelles Urteil des Landgerichts aus Frankenthal in der Pfalz auf meinem Schreibtisch lag. Der erstaunliche Tenor: Fahrradfahrer dürfen die Vorrechte eines Zebrastreifens nicht für sich in Anspruch nehmen, es sei denn, es ist am Zebrastreifen ausdrücklich anders ausgewiesen! Der Zebrastreifen begünstigt ansonsten ausschließlich Fußgänger und Rollstuhlfahrer. Und vor allem: Wer radfahrend einen Zebrastreifen überquert, ist gegenüber dem Kraftverkehr sogar wartepflichtig!

Wer hätte das gedacht? Im konkreten Fall schwenkte eine Fahrradfahrerin vom Radweg plötzlich auf den Zebrastreifen ein, überquerte diesen und wurde dabei von einem Pkw erfasst. Das LG Frankenthal gab der Radlerin jetzt die hälftige Mitschuld an dem Unfall, da sie (siehe oben) nicht befugt war, mit dem Rad unvermittelt über den Zebrastreifen zu fahren, ohne auf den Verkehr zu achten und diesem Vorfahrt zu gewähren. Der Autofahrer bekam seinerseits die andere Hälfte der Verantwortung, da er sich nicht vorsichtig und insbesondere langsam genug dem Zebrastreifen genähert hatte.

Die Richter des LG Frankenthal nutzten die günstige Gelegenheit und wiesen in ihrem Urteil zudem noch darauf hin, dass die hälftige Teilung der Verantwortung keinesfalls zwingend ist und dem Radfahrer unter Umständen sogar die komplette Schuld aufgebürdet werden kann. Nämlich dann, wenn sich aus der Sicht des Autofahrers der Zusammenstoß bei Beachtung der notwendigen Sorgfalt als unvermeidbar darstellt. Und ganz zum Schluss heißt es: »Nur wenn ein Radfahrer sein Fahrrad schiebt, wird er wie ein Fußgänger behandelt und genießt dann auch den uneingeschränkten Schutz des Zebrastreifens.«

Landgericht Frankenthal — Aktenzeichen: 2 S 193/10

Rodeln auf eigene Gefahr!

Wer auf dem Schlitten sitzt, muss selbst aufpassen

Zu den Freuden des Winters gehört zweifellos – gerade mit Kindern – das Rodeln. Vor dem Oberlandesgericht (OLG) in Hamm stand kürzlich ein Fall zur Entscheidung, in dem es um die interessante Frage ging, ob eine Kommune schadensersatzpflichtig ist, wenn es beim Rodeln im Stadtpark zu Unfällen und Verletzungen kommt. Der Kläger war mit seinem Schlitten schwer gestürzt, als er in einem städtischen Park an einem Abhang eine Begrenzungsmauer zu einem tiefer gelegenen Weg übersehen hatte.

Vor Gericht vertrat er anschließend die Auffassung, die Stadt sei aus Gründen der Verkehrssicherung verpflichtet gewesen, potentielle Rodler im Stadtpark auf den Absatz im Hang hinzuweisen oder andernfalls diesen Hang fürs Rodeln zu sperren. Da sie dies nicht getan habe, sei sie nunmehr schadensersatzpflichtig und müsse ihm Schmerzensgeld zahlen.

Irrtum! Das OLG Hamm mochte sich dieser Meinung nicht anschließen und wies die Klage in letzter Instanz ab: Es bestehe, so die Richter, keine abhilfebedürftige Gefahrenquelle, weil das Gelände nicht als Rodelfläche, sondern als

Park konzipiert und Mauerabgrenzungen daher dort nicht untypisch seien. Im Übrigen sei der Kläger für den Unfall vor allem selbst verantwortlich. Er hätte nämlich nicht blind darauf vertrauen dürfen, dass jeder Hang durchgängig befahrbar ist. Es bestehe grundsätzlich die Verpflichtung, sich vorab von der Eignung als Rodelpiste zu überzeugen, bei der Abfahrt nur gut einsehbare Abfahrten zu nehmen, seinen Schlitten stets zu kontrollieren und sich auf Bodenunebenheiten einzustellen. Und dann wörtlich: »Eine Kommune ist aus Verkehrssicherungsgründen nicht dazu verpflichtet, potentielle Rodler im Stadtpark auf einen Absatz im Hang hinzuweisen oder diesen Hang für das Rodeln zu sperren. Rodler müssen sich selbst von der Eignung als Rodelpiste überzeugen und können, wenn sie dies nicht tun, nicht im Nachhinein die Kommune verantwortlich machen.«

Fazit: Wer auf dem Schlitten Platz nimmt, sollte sich vorab sorgfältig über den Pistenzustand und die Gefahrenquellen informieren.

Oberlandesgericht Hamm — Aktenzeichen: 9 U 81/10

DUMONT TASCHENBÜCHER

Altmann, Andreas: Im Land der Freien. Mit dem Greyhound durch Amerika (6124)

Altmann, Andreas: Triffst du Buddha, töte ihn. Ein Selbstversuch (6150)

Alvtegen, Karin: Die Flüchtige. Kriminalroman (6137)

Alvtegen, Karin: Schuld. Kriminalroman (6105)

Auchincloss, Louis: East Side Story. Roman (6135)

Auchincloss, Louis: Eine Frau mit Möglichkeiten. Roman (6153)

Bachmann, C./Kauffmann, B./Tewinkel, C.: Handbuch für die Frau. Rat für jede Lebenslage (6171)

Balschun, Nicole: Ada liebt. Roman (6185)

Beauman, Ned: Der Boxer. Roman (6167)

Bönt, Ralf: Icks. Roman (6134)

Croft, Mike: Tief. Thriller (6122)

Cross, Neil: Luther. Die Drohung. Thriller (6198)

Cross, Neil: Vergraben. Thriller (6168)

Dowlatow, Sergej: Der Koffer. Roman (6116)

Elmiger, Dorothee: Einladung an die Waghalsigen. Roman (6194)

Elphinstone, Margaret: Die Nacht der Jägerinnen. Roman (6146)

Fitz, Jan-Uwe: Entschuldigen Sie meine Störung. Ein Wahnsinnsroman (6147)

Friedrichs, Ralf: Am Schluss haben wir nur noch für die Angestellten gearbeitet. Roman (6107)

Gesing, Fritz: Kreativ Schreiben. Handwerk und Techniken des Erzählens (6119)

Goeudevert, Daniel: Das Seerosen-Prinzip. Wie uns die Gier ruiniert (6108)

Gombrich, Ernst H.: Eine kurze Weltgeschichte für junge Leser (6109)

Hamilton, Steve: Blind River. Kriminalroman (6140)

Harvell, Richard: Der Kastrat. Roman (6155)

Heinrich, Susanne: So, jetzt sind wir alle mal glücklich. Roman (6106)

Hennig von Lange, Alexa: Peace. Roman (6110)

Hettche, Thomas: Der Fall Arbogast. Kriminalroman (6111)

Homann, Gunnar: All exclusive. Ein Unterwegsroman (6187)

Horn, Christina: Der Anti-Diät-Club (6120)

Houellebecq, Michel: Karte und Gebiet. Roman (6186)

Karremann, Manfred: Es geschieht am helllichten Tag. Die verborgene Welt der Pädophilen und wie wir unsere Kinder vor Missbrauch schützen (6142)

Kay, Francesca: Die Farbe zwischen Himmel und Meer. Roman (6195)

Kent, Christobel: Blutrache. Kriminalroman (6145)

Kluger, Martin: Abwesende Tiere. Roman (6131)

Köhler, Anne: Nichts werden macht auch viel Arbeit. Mein Leben in Nebenjobs (6189)

Koneffke, Jan: Eine nie vergessene Geschichte. Roman (6173)

Koneffke, Jan: Paul Schatz im Uhrenkasten. Roman (6139)

Krausser, Helmut: Aussortiert. Kriminalroman (6166)

Krausser, Helmut: Einsamkeit und Sex und Mitleid. Roman (6143)

Kredelbach, Thomas: Fünf Millionen Lösegeld. Kriminalroman (6113)

Kruck, Peter: Besseres Deutsch. Kompakt, kompetent, kurzweilig (6125)

Kugler, Walter: Rudolf Steiner und die Anthroposophie. Eine Einführung in sein Lebenswerk (6138)

Kuhligk, B./Schulz, T.: Das Kölner Kneipenbuch. Kölner Autoren und ihre Kneipen (6163)

Kuhrt, N./Meichsner, I.: Warum kriegt der Specht kein Kopfweh? Geheimnisse des Alltags und ihre verblüffenden Erklärungen (6118)

Lansdale, Joe R.: Die Wälder am Fluss. Kriminalroman (6152)

Lansdale, Joe R.: Schlechtes Chili. Kriminalroman (6183)

Le Clézio, J. M. G.: Der Afrikaner (6104)

Lehnen, Claudia: Meine Freundin Britta (6114)

Leitner, Walter: In höchsten Tönen. Wie der Kosmak fast seinen ersten Mordfall überhört hätte. Kriminalroman (6172)

Leky, Mariana: Die Herrenausstatterin. Roman (6165)

Leky, Mariana: Liebesperlen. Erzählungen (6117)

Louis, Chantal: Monika Hauser. Eine Ärztin im Einsatz für kriegstraumatisierte Frauen (6121)

Maathai, Wangari: Afrika, mein Leben. Erinnerungen einer Unbeugsamen (6162)

Mantel, Hilary: Wölfe. Roman (6193)

Marguier, Alexander: Das Lexikon der Gefahren (6196)

Marguier, Alexander: Das Luxuslexikon. Das Beste, was für Geld zu haben ist (6157)

Maurer, Martin: Terror. Thriller (6191)

Mazzantini, Margaret: Geh nicht fort. Roman (6130)

McGilloway, Brian: Blutgold. Kriminalroman (6170)

McGilloway, Brian: Borderlands. Kriminalroman (6112)

Miehe, Ulf: Puma. Roman (6103)

Mills, Jenni: Grab aus Stein. Roman (6115)

Mingels, Annette: Die Liebe der Matrosen. Roman (6101)

Moog, Philipp: Lebenslänglich. Roman (6159)

Murakami, Haruki: Schlaf (6136)

Murakami, Haruki: Sputnik Sweetheart. Roman (6100)

Neven DuMont, Alfred: Reise zu Lena. Roman (6129)

O'Riordan, Kate: Steine der Erinnerung. Roman (6123)

Ortheil, Hanns-Josef: Mein Sommer. Ein Lesebuch (6192)

Paretsky, Sara: Hardball. Kriminalroman (6160)

Pelecanos, George P.: Big Blowdown. Roman (6175)

Rademacher, Cay: Der Trümmermörder. Kriminalroman (6154)

Ramadan, Jasmin: Soul Kitchen. Roman (6132)

Reich, K./Schlolaut, M.-A./Steinkraus, V.: Haut. Gesund, schön, gepflegt (6128)

Roenneberg, Till: Wie wir ticken. Die Bedeutung der Chronobiologie für unser Leben (6188)

Rühle, Alex: Ohne Netz. Mein halbes Jahr offline (6164)

Russo, Richard: Diese alte Sehnsucht. Roman (6184)

Schäfer, Andreas: Wir vier. Roman (6169)

Schreiber, Ulrich C.: Kreuzstein. Ein Kölner Krimi (6181)

Schwabe, Winfried: Dürfen Männer im Stehen pinkeln? Verblüffendes aus der Welt des Rechts (6127)

Schwabe, Winfried: Vom Geschlechtsverkehr mit Verwandten ist daher abzuraten (6180)

Scobel, Gert: Weisheit. Über das, was uns fehlt (6156)

Sezgin, Hilal: Landleben. Von einer, die raus zog (6190)

Stadler, Arnold: Ein hinreissender Schrotthändler. Roman (6102)

Stadler, Arnold: Sehnsucht. Versuch über das erste Mal. Roman (6151)

Sterling, Roger: Wenn Gott eine Tür schließt, öffnet er ein Kleid. Goldene Worte eines Mad Man (6174)

Strachan, Mari: Ein Hauch von Leben. Roman (6179)

Syvertsen, Jan-Sverre: Verschworen. Kriminalroman (6148)

Tewinkel, Christiane: Bin ich normal, wenn ich mich im Konzert langweile? Eine musikalische Betriebsanleitung (6149)

Twain, Mark: Post aus Hawaii (6144)

Unfried, Peter: Öko. Lebe wild und emissionsfrei! (6161)

Weldon, Fay: Geben und Nehmen. Roman (6158)

Wittenborn, Dirk: Bongo Europa. Memoiren eines zwölfjährigen Sexbesessenen. Roman (6133)

Zöllner, Martina: Hundert Frauen. Roman (6141)